KB265843

범우문고 035

# 로렌스의 성과 사랑

로렌스 지음/이성호 옮김

범우사

차 례

# D.H. 로렌스 론


## 성과 여성 그리고 생명

소설가로서 또는 시인으로 동서를 막론하고 인구에 회자(膾炙)되는 로렌스는 20세기 최대의 문제작가라고 할 수 있다. 흔히 그의 문학을 성(性)문학이니 외설문학(猥藝文學)이니 하고 오해를 하여, 그의 작품이 사람들의 입에 오르내리고 있었던 것도 사실이다. 그 실례로, 그의 마지막 장편소설 〈채털리 부인의 사랑〉이 그의 고국 영국에서 32년 동안이나 판매금지 처분을 받고 있다가 1960년 11월에 가서야 그 예술성을 인정받아 외설성이 무죄판결을 받은 것이다. 그리고 그가 문제작가였다는 것은 당대의 작가들, 가령 조이스나 엘리어트나 포크너나 헉슬리 같은 문인들도 현대의 고민을 인식하고 새로운 인간관계를 독특한 문학형식으로 모색하기는 했으나 그 누구보다도 로렌스는 인간의 원초적 생명의 문제를 직감적으로 다루었기 때문이다.

　기계화한 현대문명과 지나친 관념숭상(觀念崇尙) 그리고 낡은 가치에 분연히 반기를 들고 새로운 생명의 근원을 찾아 자신을 불태운 로렌스의 사상을 이해하기 위해서는 그의 생활을 무엇보다도 먼저 알아두는 것이 필요한 듯하다.

　그는 1885년 9월 11일 영국의 공업도시 노팅엄의 서북쪽에 있는 탄광촌 이스트우드에서 교육을 받지 못한 광부인 아버지와 그리고 시(詩)를 쓰는 전직 교사인 어머니 사이에서 태어났다.

　그 당시의 이스트우드는 아름다운 산천과 소박한 농가들이 탄광업자들에 의하여 파손되고 헐리는 고난을 겪고 있었다. 다시 말하면 그는 어린 시절에 소위 산업주의와 오랫동안 내려오던 향도미(鄕土美)가 뒤범벅이 되는 혼란을 경험했던 것이다.

　그리고 그는 앞서 말한 것처럼 주벽(酒癖)이 있지만 본능적인 부친과 우아하지만 지적(知的)인 모친 사이에서 자랐기 때문에 역시 양극 사이의 중간자(中間子)가 되었다. 그는 〈청어〉라는 시에서 다음과 같이 썼다.

　　나의 부친은 갱부……
　　나의 모친은 뛰어난 여인……
　　우리들은 중간자……

그러나 세월은 흘러서 양친은 세상을 뜨시고,
우리들 셋은 세상에 남아 컸으나,
우리들은 아직도 중간자,
우리들은 정력의 악마와 깊고 슬픈
바다 사이에서 진퇴양난의 어려움을 겪는다.


이와 같이 상반되는 양면을 몸 속에 지니고 있는 로렌스의 작품에는 두 면이 대조 내지는 조화를 이루고 있음을 본다. 지적이고 상냥한 〈밝은 자아 (light-self)〉와 육체적이고 악마적인 〈어두운 자아 (dark-self)〉가 그것이다. 이 점이 그를 이해하는데 어려운 것인지도 모르지만, 어쨌든 그의 작품 어떤 것을 보더라도 수없이 이 〈밝은 자아〉와 〈어두운 자아〉가 나온다. 좀더 깊이 말하자면 이 양면이 대조를 이루며 반복되어 어떤 상징주의적 효과를 얻고 있는 것이다. 한 걸음 더 나아가서 이 양면은 낮과 밤, 생과 사, 잠을 자고 깨고 하는 생명체의 율동까지를 나타낸다.

현대의 이성주의와 기계문명이 이와 같은 우주의 섭리에 거역한다면, 인간은 참으로 무력하게 되어 결국 파멸하게 되는 것이다. 여기에서 구제되기 위해서는 두 개체가 조화를 이루어야 한다. 환언하면 인간은 상대편을 인정하면서 영과 육 그리고 남과 여의 이상적인 결합을 이룩하여야 한다는 것이다.

이것이 바로 성을 통한 영육적 사랑에로의 승화일 것이다.

이러한 조화의 주제는 때로는 자기의 생활경험을 토대로 한 자서전적 작품으로 나타났고, 때로는 이념의 실현을 그리는 작품으로 나타났다. 대체로 그의 작품활동 기간 중 전반에 자서전적 소설이 쓰여졌는데 그 대표작은 〈아들과 연인〉이라고 할 수 있고, 후반에 이념실현의 작품이 쓰여졌는데 〈무지개〉 또는 〈연애하는 여인들〉이 이를 대표한다고 할 수 있다.

〈아들과 연인〉을 보면, 양친으로부터 극단적인 양면을 이어받은 로렌스의 고민이 잘 표현되어 있으며, 어린 시절부터 함께 사귀어온 제시 체임버즈를 작중에서는 미리엄으로 등장시켜 어머니와의 묘한 관계가 표출되고 있다.

앞에서도 말했지만 이 작품은 그의 경험을 되살린 사실적인 자서전적 소설의 대표작이라고 할 수 있다.

대개의 작가들이 그러했듯이 그도 자기 자신에 충실한 작가이지만, 특히 그는 자기 자신을 생명력이 넘치는 자연의 부분으로 생각했다.

"나의 눈이 나의 일부분인 것처럼, 나는 태양의 일부분이다. 그리고 내가 디디고 있는 발이 잘 알고 있는 대지의 일부분이고 나의 피는 대해(大海)의 일부분이다.”
라고 그 자신이 술회한 적이 있다. 현대문명의 손때가 묻지 않은 생명체의 찬양을 뜻하는 것이다. 이 작품 속에 꽃도 생명력이 있는 개체의 이미지로 인식되고 있음을 주목할 만한 것이다.

그는 〈아들과 연인〉을 출판하고 나서,

“나는 이와 똑같은 방법으로 작품을 쓰지 않겠다”라고 공언한 바도 있지만, 그의 후기 소설의 대표작이라고 할 수 있는 〈무지개〉를 1915년에 발표함으로써 이념 추구를 위한 소설을 쓰기 시작했다. 이런 경향이 생기게 된 데에는 그에게는 아주 중요한 연애사건이 있었다.

그가 노팅엄 대학에 다닐 때의 은사였던 위클리 교수의 부인이며 딸 셋을 둔 로렌스보다 네 살 손위의 프리다를 만나 첫눈에 불꽃튀기는 연애를 한 일이 그것이다. 그는 참으로 생동력이 넘치는 이상의 여성을 발견했다고 생각하고 곧 함께 독일로 도망갔다.

1914년 영국으로 돌아와서 정식 결혼을 했다. 이들의 꿈같은 결혼생활은 그의 일생동안 작품의 근거가 되었으며 바꾸어 이 현실에서 잉태한 꿈이 작품으로 나타났다. 따라서 결혼 후의 작품은 대개 이상적인 남녀관계의 추구였으며 때로는 그의 꿈의 표현이기도 했다.

이 무렵에 쓰여진 대표적 작품이 〈무지개〉 그리고 그 속편이라고 할 수 있는 〈연애하는 여인(女人)들〉이라고 할 수 있는데, 〈무지개〉의 마지막 장면에서 위니프레드나 스크레벤스키와의 관계에서 감정적 실의(失意)를 맛보았음에도 불구하고, 어슐러는 양성 관계에서 새로운 낙원을 꿈꾸면서 무지를 본다. 이는 이상적 남녀 관계의 실현을 바라는 상징적 표현이라고 할 수 있다.

어쨌든 로렌스는 1913년 한 서한(書翰)에서 "혈육(血肉)에 대한 나의 신념이 나의 위대한 종교이다. 혈육은 지력(知力)보다도 더욱 깊이 있기 때문이다……"라고 말했지만, 서로 자아심(自我心)이 강한 두 부부의 생활은 끊임없는 투쟁이었을 것이며, 그 속에서 조화를 찾는 꿈이 작품으로 나왔을 것이다.

1차대전 중 그는 간첩혐의를 받다가 종전과 함께 모국을 영원히 등지고 독일, 오스트리아, 프랑스, 이탈리아, 세일론, 오스트레일리아, 미국 그리고 멕시코를 여행하면서 많은 작품과 기행문을 썼다.

기계문명의 노예가 되는 것을 방지하기 위해 자신의 자아(ego)를 보존하면서 생명있는 인간과 인간과의 결합을 염원한 세기(世紀)의 거성 로렌스는 지병인 폐결핵과 투병하면서 1930년, 그러니까 그의 나이 45세 되던 3월 2일 남부 프랑스 북쪽의 벤스에서 세상을 떠났다.

그의 작품활동은 참으로 다양하여 소설·시·평론 등등 허다하지만, 여기에 소개하는 수필은 그의 사상을 체취로 느끼게 하는 것들이다. 수필의 의미를 넓게 생각할 때, 그의 논문 〈무의식의 환상〉까지를 여기에 포함시켜야 더욱 그의 사상이 명료해지겠으나 문의(文意)의 경직성을 고려하여 제외시키기로 하고 〈펭귄북〉으로 나온 그의 〈수필 선집(選集)〉에서 고르기로 했다.

이 선집에는 성·여성·생명 그리고 그의 고향에 관한 글들이 골고루 들어 있어서, 그를 이해하는데 도움이 되리라고 생각한다.

이성호(한양대 영문학 교수)

# 로렌스의 성과 사랑

# 성(性)에 대하여

성(性)이라는 말이 아주 추잡한 말처럼 받아들여지고 있는 것은 유감스러운 일이다. 비속하고 불가사의에 가까운 말이라니. 그러면 도대체 성이란 무엇인가? 이에 대하여 생각을 하면 할수록 더욱 아리송해진다. 과학에서는 성이란 본능이라고 한다. 그러면 본능이란 무엇인가? 분명히 본능이란 천성화된 구습의 일종이다. 그러나 아무리 오래 되었다 하더라도 습성에는 시초가 있어야 한다. 그런데도 성에는 기실 시초가 없다. 생명이 있는 곳엔 성이 있다. 따라서 성은 후천적인 습성이 아니다.

그리고 사람들은 성을 식욕과 같은 일종의 욕구라고 생각한다. 욕구라면 어쩌자는 욕구인가? 번식을 위한 욕구란 말인가? 터무니 없는 이야기이다. 사람들의 말대로 수콩작이 암콩작을 현혹시켜 자신의 번식욕을 만족시키기 위해 현란한 깃을 달고 있다면, 어찌하여 암콩작이라고 수콩작을 매혹시켜 자신의 번식욕을 만끽하기 위해 아름다운 깃을 달고 있어서는 안 된다는 말인가? 알을 낳고 새끼를 키우고 싶은 암놈의 욕구야 말로 수놈만큼이나 강력한 것임에 틀림없다. 암놈의 성 충동은 아주 미약하기 때문에 암놈을 자극하기 위해서는 수놈의 찬란한 하늘색 깃이 필요하다고는 믿을 수 없다. 절대로 그렇지 않다.

암콩작이 수놈의 청동색 푸른 깃에 넋을 잃는 꼴을 나는 한 번도 본 적이 없다. 그것이 암놈의 안중에 들어 있지 않은 것이다. 암놈이 청동색, 하늘색, 갈색 또는 녹색의 색분별을 하고 있다고 내가 생각한 적은 전혀 없다.

만일 암놈이 수놈의 현란함에 넋을 잃고 쳐다보는 꼴을 내가 한 번이라도 본 일이 있다면, 그놈이 암놈을 매혹하기 위해 그 모든 깃을 달고 있다고 생각했었을 것이다. 그러나 암놈은 수놈을 절대로 쳐다보지도 않는다. 단지 수놈이 마치 나무숲 속의 폭풍처럼 암놈을 향해 깃촉을 흔들 때 암놈은 약간 자만하게 되는 듯 보인다. 그러다가 그것도 우연히, 수놈의 존재를 알아차리게 되었다는 표정을 짓는다.

성에 관한 이러한 이론이야말로 놀라운 이론이다. 자기를 쳐다보지도 않는 뿌연 각막의 암콩작을 위하여 수콩작이 찬란한 깃을 달고 있다니. 수콩작의 깃 색과 모양을 심오하고 다이나믹하게 감상할 수 있는 심안(審眼)을 갖고 있다고 암콩작을 두둔할이만큼 과학자란 천지난만한가? 오, 심미적인 암콩작이여!

그리고 나이팅게일은 암놈을 사로잡기 위해 노래를 부른다고 한다. 구애와 신혼여행이 끝나고 이제 수놈에게가 아니라 새끼들에게 관심이 쏠려 있을 때, 수놈이 가장 아름다운 노래를 부른다는 것은 참으로 이상한 일이다. 만일 암놈을 매혹하기 위해 노래를 부르는 것이 아니라면, 그놈은 암놈이 새끼하고 앉아 있는 동안 암놈을 혼란시키거나 즐겁게 하기 위해 노래를 불러야 한다.

이 얼마나 재미있고 순진한 이론인가! 그러나 이러한 이론 뒤에는 숨어있는 의도가 있다. 성에 관한 이러한 이론 속에는 앙칼진 의도가 숨어 있는 것이다. 그것은 미(美)의 신비를 부정하고 말살해 버리려는 의도이다.

왜냐하면 미란 일종의 신비이기 때문이다. 미란 먹을 수도 없는 것이고 그렇다고 플란넬을 만들 수도 없는 것이다. 그런데도 과학자들은 미라는 것이 암놈을 사로잡아 번식을 하도록 꾀는 일종의 간계라고 말한다. 얼마나 천진한가! 마치 유혹이 필요하기나 한 듯이. 암놈은 어둠 속에서도 번식을 할 수 있다—그렇다면 미의 간계란 뭐 말라 비틀어진 것이냐?

과학은 이상하게도 미를 증오한다. 과학은 인과율(因果律)에 맞지 않기 때문이다. 사회도 성에 대하여 이상한 증오심을 갖고 있다. 그것은 성이 속세인의 멋들어진 돈벌이에 늘 방해가 되기 때문이다. 따라서 이 두 개의 증오감이 짝자꿍이 되어 성(性)과 미(美)를 단순히 생식욕에 불과한 것이라고 몰아붙인다.

그러나 성과 미는 마치 불과 불꽃이 그런 것처럼 동일한 것이다. 성을 미워한다면 미를 미워하는 것과 같다. 생동하는 미를 사랑한다는 것은 바로 성을 존중하는 것이다. 물론 사라져 버린 과거의 미를 좋아해서 성을 증오할 수도 있다. 하지만 생동하는 미를 사랑하기 위해서는 성에 대한 존중심을 가져야 한다.

성과 미는 마치 생명과 의식과의 관계처럼 불가분의 관계에 있다. 그리고 성과 미에서 우러나와 함께 어울리는 지성은 바로 직감이다.

현대 문명의 커다란 재앙은 성에 대하여 병적인 증오심을 갖는 데서 비롯된다. 예를 들면, 성에 대하여 가장 유해한 증오심을 나타내는 것이 프로이드의 정신 분석이다. 이 분석학은 생동하는 미에 대하여 병적인 경원감을 갖고 있기 때문에 우리의 직감력과 직관적 자아를 위축시킨다.

현대인의 내면적 정신적 질환이란, 여러 가지 직관력이 병들고 위축된 상태이다. 우리가 오직 직감을 통해서만 이해할 수 있고 또 즐길 수 있는 하나의 순수한 생활계(生活界)가 있다. 그런데 이 세계는 우리를 받아들이지 않는다. 왜냐하면 직관적 생활의 원천이자, 식물과 분방한 동물에 있어서는 아주 사랑스런 무관심의 원천이 되는 성과 미를 우리가 거부하고 있기 때문이다.

성을 뿌리에 비유한다면, 그 직관은 잎이고 그 미는 꽃이다. 여성이 20대가 되면 왜 아름다워지는가? 이때야말로 장미가 나뭇가지 꼭대기에 피듯이 성이 얼굴에 부드럽게 피어나는 시기이기 때문이다.

그리고 그 매력이 미적 매력이다. 그런데 우리들은가능한 한 그것을 부정하려 한다. 다시 말하면 미를 어떻게 해서든지 천박하고 쓸모없는 것으로 만들려고 애를 쓴다. 하지만 성적 매력은 바로 미적 매력이다.

그런데 우리들은 미에 대해서 아주 무지하기 때문에 이에 대하여 거의 언급할 수 없다. 우리들은 미를 가령 코는 오똑해야 하고 눈은 둥굴둥굴 커야 한다는 식으로 고정된 배열물처럼 생각하려고 한다. 미녀란 미국의 여배우 릴리언 기쉬 같은 외모라야 하고 미남이란 루돌프 발렌티노 같은 외모를 갖추어야 한다고 생각한다. 우리들은 적어도 그런 식으로 생각하고 있다.

실생활에서 보면 반대로 우리들은 전혀 다르게 행동한다. 우리들은 이렇게 말한다.

"그 여자는 대단히 아름답지만 내 마음엔 들지 않는단 말이야."

이 말은 우리가 '아름답다'는 말을 잘못 사용하고 있다는 것을 보여주고 있다. 우리들은 이렇게 말해야 한다.

"그 여자는 틀에 박힌 미적 특성을 갖추고 있지만, 내가 보기엔 아름답지 않다."

미는 일종의 체험이지 그 다른 아무것도 아니다. 미는 감지(感知)된 그 무엇이며 절묘함의 만열감(滿悅感)이거나 공감된 절묘감이다. 우리들을 괴롭히는 것은, 우리의 미감이 심하게 상처를 입고 둔화되어 있어서 최고의 것을 모두 놓치고 있다는 것이다.

그러나 영화에만 국한시켜서 생각해 볼 때, 발렌티노의 얼굴에보다는 찰리 채플린의 묘한 얼굴에 더욱 근원적인 미가 있다. 채플린의 눈썹과 눈에는 진실한 의미의 미, 순수한 그 무엇의 광휘가 있다.

그러나 우리의 미감은 심한 상처를 입고 눈치없이 되어서, 우리들은 미를 보지도 못하고 눈에 띄어도 인식하지 못한다.

우리들은 소위 루돌프 발렌티노의 미와 같이 눈에 띄는 외적 미만을 볼 수 있을 뿐이다. 그러한 미가

미에 대한 기성 관념을 만족시켜주고 우리를 즐겁게
해주기 때문이다.

하지만 가장 평범한 사람일지라도 아름답게 보일
수도 있고 아름다울 수도 있다. 성의 불꽃이 묘하게
일기만 하면 추한 얼굴도 사랑스러운 얼굴로 변한
다. 이것이야말로 진정한 성적 매력, 다시 말하면
미감(美感)의 전달인 것이다.

반대로, 정말로 아름다운 여자라도 가장 징그럽게
될 수도 있다. 미라는 것은 구체적인 형상의 문제가
아니라 체험의 문제이기 때문에 아름다운 여자라도
실제적으로는 가장 추한 사람이 될 수 있다. 성적
만열감이 사라지고 추한 냉혹감에 휩싸일 때, 여성
은 참으로 소름끼치는 존재로 보이고 외적 미관이
뛰어나면 더욱 심하게 된다.

성이란 무엇인지 우리는 자세히 모르지만, 불 같
은 것임에는 틀림없다. 성은 항상 온후감(溫厚感)과
작열감을 전해 주기 때문이다. 그 작열이 순수한 빛
으로 변할 때 우리는 미감을 느낀다.

그러나 이와 같은 온후감, 성적 작열감을 타인에
게 전달하는 것이 진정한 성적 매력이다. 우리의 내
부에는 잠을 자고 있든가 아니면 불꽃을 튀기고 있
는 성의 불꽃이 있다.

아흔 살이 되어도 여전히 불꽃은 있다. 만일 불꽃
이 소멸된다면 우리들은 무섭게도 산 시체가 되는

것이다. 불행한 일이지만 세상에는 이러한 시체의 수가 점점 늘어나고 있다.

성의 불꽃이 사라져 버린 사람만큼 추한 사람도 없다. 추잡하게도 진흙의 인간이 되어 모든 사람이 대하기를 싫어하게 된다.

그러나 우리가 생명력에 충일되어 있는 동안 성의 불꽃은 내부에서 연기를 뿜고 있든가 아니면 연소하고 있다. 젊은 시절에는 이 불꽃이 깜박이며 빛을 발휘한다. 나이가 들면 이 불꽃은 더욱 부드럽고 잔잔하게 타게 되지만 그래도 항상 존재한다. 우리는 이것을 어느 정도 제어는 할 수 있을지언정 부분적인 제재가 가능할 뿐이다. 이런 연유에서 사회는 성의 불꽃을 미워한다.

성의 불꽃이 살아 있는 동안, 미와 분노의 근원인 이 불꽃은 우리의 이해를 초월하여 우리 내부에서 타고 있다. 마치 실제의 불덩이처럼, 이 불꽃이 타고 있는 동안 부주의로 손이라도 대면 곧 우리의 손가락을 태울 것이다. 따라서 안전하기만을 바라는 속세인은 이 성의 불꽃을 증오한다.

다행스럽게도, 제대로 속세인이 된 사람들은 그리 많지 않다. 옛 아담의 불꽃이 꺼지지 않고 지금도 타고 있다. 불의 특성 중의 하나는 불이 불을 부른다는 것이다. 여기의 성화(性火)가 저기의 성화에 붙는다. 불꽃이 불꽃으로 옮아가면서 부드러운 불꽃을 일으킬 수도 있고 날카로운 작열을 일으킬 수도 있고 광휘를 일으킬 수도 있다. 성의 불꽃이 타오를 때마다, 이것은 어디에고 응답의 불꽃을 붙여 놓을 것이다. 온기와 낙천감만을 불붙여 놓을지도 모른다. 그러면 이렇게 말한다.

"나는 저 여자를 좋아한다. 참으로 훌륭한 여자다."

또 이성의 불꽃이 세상을 더욱 쾌적하게 보이게 하고 인생을 더욱 보람차게 느끼도록 만드는 작열을 일으키게 할지도 모른다. 그러면 사람들은 이렇게 말한다.

"저 여자는 매력적인 여자야. 나는 저 여자를 좋아해."

혹은 그 여자가 세상을 밝히기에 앞서 자신의 얼굴을 환히 비치는 불꽃을 일으킬지도 모른다. 그러면 사람들은 말한다.

"저 여자는 사랑스러운 여자야. 나에게 아름답게 보인다."

진실한 미감을 불러일으키는 여자는 그리 흔하지 않다. 미모를 갖추고 태어난 여자를 뜻하는 것은 아니다. 미에 대한 우리들의 빈약하고 상처투성이고 조잡한 이해를 피하기 위해서 이 말을 하는 것이다. 사실이지 디안느 드 파티에르[역주=프랑스 왕 앙리Ⅱ세의 총희(寵姬)]나 랭트리 부인[역주=영국 제일의 미녀 여우(女優)]이나 기타 유명한 사람들만큼 외모를 갖춘 여인은 부지기수였다. 오늘날에도 절세미인은 얼마든지 있다. 하지만, 오, 사랑스러운 여인이란 참으로 희귀하도다!

그러면 왜 그러한가? 성적 매력의 실패 때문이다. 외모가 훌륭한 여자라도 성의 불꽃이 내부에서 순수하고 찬란하게 일어나 얼굴에 빛나고 결국 나의 마음 속에 있는 불꽃에 점화될 때에만 사랑스럽게 된다.

이렇게 되어 여성은 나에게 사랑스러운 여자가 되고 살아 있는 육체 속에서 사랑스러운 여인이 된다. 단순한 미인의 복사판이 아닌 여인이 된다. 하지만 유감스럽게도 이런 여자가 얼마나 희귀한가! 유별나게 아름다운 여인들로 가득찬 세상이지만, 이런 여자는 얼마나 희귀한가!

외모가 단정하고 훌륭하다는 말은 사랑스럽다든가 진정한 의미로 아름답다는 말이 아니다. 잘 생기고 단정한 여인이란, 훌륭한 용모와 알맞는 머리칼을 갖춘 여인이라는 말이다. 그러나 사랑스러운 여인은 일종의 체험이다.

결국 전달된 불꽃의 문제이다. 우리의 빈약하고 낡아빠진 현대 용어를 가지고 말하자면, 그것은 성적 매력의 문제이다. 드안느 드 파티에르에게나, 심지어는 재미를 볼 때 아내에게 성적 매력이라는 말을 사용하면, 그것은 본질적으로 욕설이 될 것이다. 하지만 오늘날에 있어서는 사랑스러운 불꽃이라는 말을 쓸 수 없으므로 대신 성적 매력이라는 말을 사용할 수밖에 없다. 내 생각에 이 두 용어는 똑같은 것이지만 정도의 차이는 대단하다.

사업가의 아름답고 헌신적인 여비서는 그녀의 성적 매력 때문에 대단한 가치가 있다. 그렇다고 이 말에 〈부도덕한 관계〉라는 의미는 전혀 없다.

오늘날에도 다소라도 너그러운 여자는 남자가 협조를 받아들이기만 한다면 그를 도와주고 싶어 한다. 이렇게 남자가 조력을 받아주었으면 하는 욕구가 바로 그녀의 성적 매력이다. 비록 대단치 않은 열기라 하더라도 그것이 진정한 불꽃이다.

아직도 성의 매력은 사업계에 활기를 불어넣어 주고 있다. 여비서를 사업가의 사무실에 두지 않았던들 그 사업가가 지금쯤은 완전히 도산했을지도 모른다. 그녀는 자신 속의 신성한 불꽃을 불러일으켜서 사업가인 주인에게 전달한다. 그는 활력과 낙천감이 배가되어 넘쳐흐르는 것을 느낀다—그러면서 사업은 번창한다.

물론 성적 매력의 다른 면도 있다. 그것은 매혹된 사람의 파멸일 수도 있다. 여자가 성적 매력을 자기 자신의 이익을 위해서 남용할 때, 불쌍한 사람에게는 보통 악운의 순간이 된다. 그러나 성적 매력의 이러한 면은 최근에 과용되었기 때문에 과거만큼 위험하지는 않다.

발자크 소설에서 그렇게 많은 남자들을 파멸시킨 성적 매력을 지닌 창부들도 이제는 더 이상 쉽게 설치지는 못한다. 남자들도 이제는 약삭빠르게 되었다. 정을 보이는 요부를 만나도 은근히 피하게 되었다. 사실이지 오늘날의 남자들은 여자의 성적 매력이 와서 닿는 순간 이내 경계심을 펴게 되었다.

이것은 참으로 슬픈 일이다. 성적 매력이라는 말이 생명의 불꽃 대신 들어앉은 더러운 이름이 되었으니 말이다. 남자란 어떤 여자가 그의 혈관 속에 아담한 불꽃을 피워 놓았을 때 가장 잘 그리고 성공적으로 일을 할 수 있는 것이다. 마찬가지로 여자도 사랑에 빠져 있지 않고는 즐거운 마음으로 가사를 돌볼 수 없는 것이다. 여자란 50년 동안 거의 인식도 못하면서 사랑에 조용히 빠져 지낼 수도 있다.

만일 성적 매력을 적절하고도 교묘하게 흐르도록 만드는 방법과, 힘과 전달의 다양한 정도 차이가 있어서 비록 깜빡이든가 작열하든가 백열하더라도 성화(性火)를 명료하고 생기있게 유지시키는 방법을 현대문명이 우리들에게 가르쳐 주었다면, 우리 모두는 사랑 속에서 생활을 해나갈 수 있었을 것이다. 이 말은 우리가 어떤 상황 속에서도 점화되고 열정에 충일되어 살아가야 한다는 것이다……

하지만 오늘날의 생활 속에는 다 타버린 재가 얼마나 많이 쌓여 있는가.

# 여성에겐 본보기를

여성에 관한 진정한 문제거리는, 여성들이 항상 남성의 여성관에 자신들을 순응시키려는 것이다.

여성은 남성이 바라는 형태의 여성이 될 때 철저한 여성이 되는 것이다. 여성이 히스테리컬하게 되는 것은 그녀가 어떤 여성이 되어야 하는가, 어떤 본보기를 따라야 하는가, 또는 남성이 바라는 여성상이란 어떤 것인가를 제대로 분간하지 못하기 때문이다.

물론 세상에는 수다한 남성들이 있는데 그들은 제 나름대로의 여성관을 갖고 있다. 그러나 남성들은 무엇이든지 유형화하려고 한다. 따라서 이상적인 여성상은 개개인에게서가 아니라 유형에서 비롯된다. 예를 들면 탐욕스러운 로마인들이 여성의 이상상(理想像)을 만들었는데, 그것은 그들의 물욕에 아주 걸맞는 것이었다.

'시이저의 아내는 의심을 사는 행동을 해서는 안 되었기 때문에' 시이저가 아무리 의심적은 행동을 하더라도 그의 아내는 정숙한 아내로서 거동을 해야만 했다. 좀더 내려와서 네로 같은 사람이 말괄량이 여성상을 만들어냈기 때문에 그 후의 여자들은 누구에게 나 말괄량이 짓을 했다. 그 후 단테가 순결하고 청순한 베아트리체(역주=단테의 〈신곡(神曲)〉에서 그린 상징적 이상형의 여성)를 들고 나오자 청순한 베아트리체형의 여성들이 수세기에 걸쳐 자만스럽게 활보하기 시작했다. 그리고 르네상스기에 들어와서 박학한 여성이 발견되자 이번에는 지적인 여성들이 정중하게 시(詩)와 산문 속으로 들어와 떠들어댔다. 그리고 디킨즈가 천진한 아내를 안출해 내자 그 후부터 천진한 아내들이 쏟아져 나왔다. 디킨즈는 또한 순결한 베아트리체의 개정상(改正像)을 찾아냈다. 순결하지만 결혼이 가능한 아그네스(역주=디킨즈의 소설 〈데이빗 코퍼필드〉에서 나오는 처녀로 순결하지만 그 주인공과 결혼한다)가 바로 그녀다. 조지 엘리어트는 이 형을 모방하여 더욱 확고하게 해놓았다. 고결한 여성, 순결한 아내, 헌신적인 어머니들이 나타나서는 일만을 하다가 죽어갔다. 우리들 자신의 가련한 어머니들도 이런 유형의 여성들이었다. 따라서 우리 젊은 남성들은 우리들의 고결한 모친들에 대하여 다소 놀라고 나서 다시 순진한 아내에게로 마음을 되돌리게 되었다. 우리들에게는 창조적 능력이 없었다. 천진한 아내는 소년다운 애물(愛物)이 되어야 한다―이 소년다운 면이란 천진한 여성에게 첨가시킬 수 있는 새로운 특질이었다. 왜냐하면 우리 젊은 사람들은 진정한 여성에 대해서는 무한한 의구심을 갖고 있기 때문이다.

여성이란, 데이빗의 도라(역주＝데이빗 코퍼필드는 무지한 도라와 결혼을 하나 죽고 만다)처럼 너무나 모험적이고 단정치 못하다. 따라서 여성은 소년 같은 애물이 되게 하는 것이 더욱 안전하다. 이렇게 되어 여성은 소년 같은 애물이 되었다.

물론 그 이외에도 여러 타입이 있다. 유능한 남성들은 유능한 여성상을 창조한다. 의사는 유능한 간호원을, 사업가는 유능한 비서를 창조한다. 따라서 각양각색의 여성이 창조된다. 원하기만 한다면 남성은 여성의 마음 속에 남성적 명예심(신비감의 정도가 어느 정도가 될지는 불문하고)을 창조할 수도 있다.

그리고 남성들의 영원하고 비밀스러운 이상형인 창부가 있다. 많은 여성들이 이 형에 맞추어 살고 있다. 남성들이 여성들로 하여금 그렇게 살기를 원하고 있기 때문이다.

불쌍하게도 운명은 여성을 이렇게 탕진시키고 있다. 이것은 여성이 생각이 없어서가 아니다. 여성도 남성이 갖고 있는 것을 모두 갖고 있다. 유일한 차이점이란, 여성은 본보기를 갈구하고 있다는 것이다.

"나에게 패턴을 제시해 주세요!"

이것은 여성이 늘 부르짖는 절규이다. 물론 여자가 젊어서 자신의 패턴을 선택하지 못했다면, 그녀는 이제 자기는 절대적으로 독립된 개체라고 선언할 것이기 때문에 남성의 어떤 여성상도 그녀에게 영향을 끼치지 못할 것이다.

그런데 여성들이 여성다운 본보기를 찾고 있고 또 찾아야만 한다는 데에 참된 비극이 있는 것이 아니다. 그리고 남성들이 어린애같이 순진한 아내, 작은 소년의 얼굴을 한 처녀, 완전한 비서, 고결한 아내, 희생적인 어머니, 처녀같이 차가운 태도로 아기를 낳는 정숙한 여자, 남자를 만족시키기 위해 자신을 비하시키는 창부, 이와 같이 가공할 만한 패턴을, 다시 말하면 인간의 참된 자연적 풍요로부터 전적으로 왜곡된 본보기를 여성들에게 제시한다는 사실에도 비극이 있는 것은 아니다.

남성은 여자를 자기와 대등한 존재로서, 스커트를 걸친 남자로서, 천사로서, 악마로서, 동안(童顔)으로서, 기계로서, 기구로서, 가슴으로서, 자궁으로서, 두 다리로서, 하인으로서, 백과사전으로서, 이상으로서, 또는 음란한 것 그 어느 것으로서나 기꺼

이 받아들인다. 그러나 남성이 여성을 인간으로서, 바꾸어 말하면 여성이라는 인간으로서 받아들이려고 하지 않는데 비극이 있는 것이다.

물론 여성들은 기묘한 패턴에 따라 살아가기를 좋아한다. 기괴하면 기괴할수록 더욱 좋아한다. 꽃처럼 인위적으로 꾸민 얼굴에 이른 학교 남학생 모습을 하는 현 패턴보다도 더욱 기묘한 것이 있을까? 불가사의 바로 그것이다. 그 기괴성 때문에 여자들은 그 모형을 따라 생활하기를 좋아한다.

어린 소년상을 한 얼굴보다도 더욱 몸서리나는 패턴이 또 있을까? 하지만 소녀들은 걸신 든 사람처럼 그 형을 따르고 있다.

그러나 그러한 것도 근본적인 비극이라고는 할 수 없다. 단테와 베아트리체와의 관계에서 보는 바와 같이 모순성, 다시 말하면 패턴의 비인간적인 비열성(베아트리체는 단테의 패턴에 따라 일생 동안 순결하게 살아가야만 했지만, 실제로 단테는 상냥한 아내와 자식들을 키웠다)도 최악의 비극은 아니었다. 최악의 일은, 여자가 남자의 패턴에 따라 진지한 살림을 꾸려나가자 남자가 그러한 생활 방식 때문에 그녀를 싫어하게 되는 것이다. 이른 보이형의 여자가 실제로 생겼기 때문에 남자들은 은근히 그런 형의 여자를 싫어하고 있는 것이다. 사실이지 그녀는 대중 앞에 나타나기에는 안성맞춤이지만, 그런 여성이 나타나게 만든 장본인인 젊은 사람들은 은근히 그녀를 싫어하고, 마음 속으로는 질겁을 하고 있는 것이다.

결혼 문제에 이르면, 이런 패턴은 곧 산산조각이 나고 만다. 이튼 보이형의 여자는 결혼을 하고 나면, 남자는 바로 그 타입을 증오하게 된다. 즉시 그의 마음은 고결한 아그네스니, 정숙한 베아트리체니, 남편에게 매달리는 도라니, 창백한 창부니 하는 다른 형들을 히스테리컬하게 찾기 시작하게 된다. 그는 대단한 혼란 속에 빠지고 마는 것이다. 가련한 여자가 쫓아 살려는 패턴이 어떤 것이든, 또 다른 형을 원하게 된다. 이것이 바로 현대 결혼의 상황이다.

현대 여성은 정말로 바보가 아니다. 하지만 현대 남성이야말로 바보이다. 이렇게 표현하는 것이 손쉬운 표현 방법인 것같이 보인다. 현대 남성은 상이라도 받아야 될 바보이다. 그 어느 때의 남성들보다도 현대 남성은 여성을 혼란시키고 있다. 자기가 원하는 여성상이 어떤 것인지 그는 전혀 알고 있지 못하기 때문이다. 여성 패턴이 물밀듯이 변화하는 것을 우리는 보게 된다. 젊은 청년 자신들이 원하는 것이 무엇인지 전혀 알지 못하기 때문이다. 향후 몇 년에는 여성들이 심을 넣은 딱딱한 치마를 입게 될지도 모른다—이것이야말로 남성들이 바라는 패턴이라고 생각하고서! 아니면 중앙 아프리카의 나체 토인녀처럼 구슬박이 요포만을 걸치게 될지도 모르고 혹은 놋쇠 갑옷을 입게 될지도 모르며 또는 기마대 제복을 입을지도 모른다. 장차 어떻게 될지 예측불허이다. 청년들이 머리가 돌아서 그들이 원하는 것이 무엇인지를 모르기 때문이다.

여성들은 바보가 아니지만 어쨌든 어떤 패턴에 따라 살아야만 한다. 그들은 남성들이 바보라는 것을 알고 있다. 여성들은 사실이지 패턴을 좋아하지는 않지만 어떤 패턴이고 있어야 하지 그렇지 않으면 그들은 존재할 수 없다.

여성들은 바보가 아니다. 그들은 비록 남성과는 다르지만 그들 나름대로의 논리를 갖고 있다. 여성들의 논리는 감정의 논리요, 남성들의 논리는 이성의 논리이다. 두 논리는 보완적이기는 하지만 대체적으로 대립적인 입장을 취한다. 그러나 여성의 감정적 논리는 남성의 이성적 논리보다 뒤지지 않게 진실되고 냉혹하다. 단지 그 작용이 다를 뿐이다.

그런데 여성은 감정적 논리를 결코 상실하지 아니한다. 그녀는 남성이 요구하는 패턴에 따라 여러 해를 살아갈지도 모르지만, 결국에 가서는 그 패턴이 감정적으로 만족스럽게 되지 못하면 그 묘하고 무시무시한 감정적 논리는 그 패턴을 부숴 버리고 말 것이다. 여성의 놀랄 만한 변화를 부분적이나마 다음과 같이 설명해도 무방할 것이다. 여성은 여러 해

동안 순결한 베아트리체나 또는 천진한 아내로서 지내다가 갑작스럽게 변화를 일으킨다! 순결한 베아트리체가 포효하는 암사자가 되는 것이다. 그 형이 감정적으로 충족스럽지 못했던 것이다.

반대로 남성들은 멍청이다. 그들은 이성적 논리에 근거를 두고 행동을 하거나 아니면 적어도 그렇게 생각된다. 그들은 특히 여성에 대하여 여성 이상의 비이지적인 당착(撞着)에 싸여 행동한다.

그들은 수년에 걸쳐 순진한 아기 얼굴만을 한 여성을 훈련시켜 완전하게 만든다. 그리고 결혼을 하고 나서는 다른 타입의 여성을 원한다.

오, 젊은 처녀들이여, 당신을 치켜 세우는 젊은 남자들을 조심할지어다! 당신을 손아귀에 넣는 순간부터 그들은 전혀 다른 사람들을 희구할 것이다. 천진한 여성과 결혼을 한 즉시, 그들은 고결하고 순결하고 의연한 모습의 아그네스를 찾아 괴로워하기 시작하거나 자비로운 어머니상의 여성을 찾아 포근한 앞가슴에서 위안을 얻으려고 하거나, 완전한 직업여성을 구하려 하거나 아니면 때묻은 비단 시트 위해서 창백한 창부를 애타게 찾기 시작한다. 그 무엇보다도 가장 천박한 것은, 이 모든 특질을 한꺼번에 지닌 여성을 남자들이 찾고 있다는 것이다.

이것이 바로 이성의 논리인 것이다! 여성에 관한 한 현대 남성은 백치와 다를 바 없다. 남자들은 자기네들이 바라는 것이 무엇인지를 모르고 있기 때문에 그들이 갖고 있는 것에 영원히 만족하지 못한다. 그들은 크림 케이크를 크림 케이크로서 받아들이는 것이 아니라, 햄과 계란이 함께 섞인 크림 케이크 그리고 오트밀이 함께 뒤섞인 크림 케이크를 원하는 것이다.

그들은 참으로 바보들이다! 여성들이 남성의 패턴에 순응하도록 운명지워지지만 않았다면야!

그러나 세상은 여성이 남성의 패턴에 순응하도록 되어 있다. 그리고 남성이 여성에게 순응하기에 만족할 만한 패턴을 제공해 주기만 하면 여성은 남성에게 최선을 다하게 되어 있다.

그러나 오늘날에는 순응하기에 기성화되고 다 낡아빠진 패턴만이 쌓여 있으니, 여성은 자신의 보잘 것 없는 감정 이외에 줄 수 있는 것이 무엇이란 말인가? 여성이 어린애 얼굴같이 되기만을 바라는 남성에게 여성은 과연 무엇을 제공할 수 있는가? 바보의 헛소리 이외에 무엇을 줄 수 있단 말인가? 여자들이란 바보가 아니며 얼마간이라도 바보 취급을 당하지도 않기 때문에, 여자가 남자 얼굴에 손톱으로 처절한 홈집을 내주면 남자들은 울면서 자상한 어머니를 부르게 되지 않는가! 갑자기 자신의 패턴을 변경하면서 말이다.

허! 남자들이란 참으로 바보이외다. 여성에게서

무엇인가를 얻고 싶으면, 남자들은 낡아빠진 천치의 속임수가 아니라 방정하고 만족스러운 여성상을 여성에게 제시할지어다.

무엇인가를 얻고 싶으면, 남자들은 낡아빠진 천치의 속임수가 아니라 방정하고 만족스러운 여성상을 여성에게 제시할지어다.

# 사 랑

사랑은 현세의 행복이다. 그러나 행복은 완전 무결한 완성이 아니라, 하나의 상태로 융합하는 과정이다. 그런데 융합이 있으면 반드시 그와 동등한 분산이 있게 마련이다. 사랑에 있어서는 모든 것이 결합되어 환희와 찬미와 일체가 된다. 하지만 이 모든 것들이 전에 흩어져 있었지 않았었다면 결합은 이루어질 수 없는 것이다. 일단 완전한 결합이 이루어지고 나면 더 이상 사랑의 진전은 있을 수 없다. 이런 경우에 사랑의 율동은 조류(潮流)처럼 완성된다. 만조(滿潮)가 있으면 간조(干潮)가 있어야 한다.

융합은 분리를 전제로 한다. 따라서 사랑은 심장의 수축과 이완의 관계, 그리고 조류의 만조와 간조의 관계와 같은 것이다. 세상에는 보편적이고 불변하는 사랑이란 있을 수 없다. 바닷물이 동시에 온

세계를 만조로 채울 수는 결코 없듯이 사랑의 절대적 지배란 있을 수 없다.

　엄격히 말해서 사랑이란 여행과 같이 것이기 때문이다.

　"목적지에 도착하는 것보다는 여행하는 과정이 더 좋다"

고 누군가가 말했다. 그것이야말로 불신앙의 본질을 나타내는 말이다. 이 말은 사랑이 원천적으로 상대적일 때 절대적인 사랑이 존재한다는 신념의 표현이다. 그것은 과정을 믿는 것이지 목적을 믿는 것이 아니다. 엄밀히 말해서 그것은 힘에 대한 신념이다. 사랑이란 응결력이기 때문이다. 그러면 우리가 이 응결하는 힘을 어떻게 믿을 수 있는가? 힘은 수단적이고 기능적인 특성을 갖고 있다. 그것은 시작도 끝도 아니다. 여행을 위한 여행을 하는 것은 아니다. 적어도 이런 여행은 전혀 무익하다. 우리는 목적지에 도착하기 위해 여행을 한다. 따라서 여행 자체가 중요하게 되는 것이다.

　사랑은 여행이요, 운동이요, 급속히 결합하는 과정이다. 사랑은 창조력이다. 그러나 정신적이든 육체적이든 모든 힘은 음양(陰陽)이라는 양극성을 갖고 있다. 낙하하는 모든 물건은 인력에 의하여 지상으로 떨어진다. 그러나 영겁(永劫)의 시간이 흐르는 동안 지구가 인력의 역방향으로 달〔月〕을 떼어내어 천공(天空)의 측면에 매어 놓지 않았는가?

사랑도 마찬가지다. 사랑은 영(靈)이 영을 향해, 육체가 육체를 향해 강력히 작용하는 인력(引力)이다. 거기에는 창조의 희열이 있다. 그러나 만일 사랑의 굴레 속에 모든 것이 결합되는 경우, 더 이상의 사랑은 있을 수 없다. 따라서 사랑에 반해 있는 사람에게는 여행의 과정이 도착보다 더 보람있는 것이다. 왜냐하면 사랑에 도착하고 나면, 사랑을 초월하거나 아니면 새로운 초월성으로 사랑을 감싸야 하기 때문이다. 그러나 긴여로 끝에 어느 목적지에 도달한다는 것은 최고의 희열임에 틀림없다.

사랑의 굴레! 이보다 더 고약한 속박이 있을까? 그것은 밀려오는 조수(潮水)에 방파제를 쌓으려는 시도와도 같은 것이다. 다시 말하면 샘을 막으려는 의도요, 5월을 6월로 넘어가지 못하게 하는 의지요, 열매를 맺기 위해 떨어지려는 아가위 꽃잎을 떨어지지 못하게 하는 제어다.

득의에 찬 보편적 사랑이야말로 불후한 것이라고 우리는 생각해 왔다. 그러나 이것이 감옥과 속박이 아니고 그 무엇이랴? 영원이라는 것이 시간의 무한한 경과가 아니고 무엇인가? 휴식과 도착에 대한 우리의 관념, 다시 말하면 영원이니 무한이니 하는 공간을 뚫고 가는 끝없는 여행이다. 아무리 논의해 봤자 그 이상의 아무것도 아니다. 우리가 불멸한 것이라고 생각하는 것이 똑같은 운명의 끝없는 계속이 아니고 무엇인가? 계속이니 영생이니 영속(永續)이니 하는 것이 여행이 아니고 무엇인가? 승천(昇天)하여 신과 일체가 된다고 하는데—무한의 종착역이란 도대체 무엇인가? 무한에는 종착이 없다. 소위 신이니 무한이니 불멸이니 하는 것의 의미를 우리가 정확하게 이해할 수 있다면, 그것은 똑같은 길을, 똑같은 운명을 끝없이 계속 진행한다는 뜻이다. 다시 말하면 같은 방향으로 계속 여행하는 것이다. 이것은 한 방향으로 끝없이 여행한다는 무한대를 뜻한다. 〈사랑의 신〉이라는 것은 우리가 생각해 낸 관념으로서 무한히 진행하는 사랑의 힘이라는 의미이다. 무한에는 종착이 없다. 그것은 막다른 골목이자 한없이 깊은 굴이다. 무한한 사랑이란 막다른 골목이나 한없이 깊은 굴이 아니고 무엇이랴?

사랑이란 목적을 향해 움직이는 전진이다. 따라서 사랑이란 반대편 목적지를 떠나 이탈하는 진행이기도 하다. 사랑은 하늘을 향해 여행한다. 그러면 사랑의 시발점은 어디인가? 지옥이라면 거기엔 무엇이 있는가? 사랑은 궁극적으로 양성(陽性) 무한대이다. 그러면 음성(陰性) 무한대는 무엇인가? 음양의 무한대는 동일한 것이다. 왜냐하면 무한대는 유일한 것이기 때문이다. 그렇다면 무한을 지향해 무한히 천국을 향해 여행을 하든 또는 그 반대 방향으로 여행을 하든 무엇이 문제가 되겠는가? 이리 가든 저리 가든 이르러야 할 무한은 똑같은 동질의 무한대이기 때문이다. 이 무한대는 무(無)이자 전체이기 때문에 어느 방향을 택하든 문제가 되지 않는다.

무한에는 종착지가 없다. 무한은 막다른 골목과 같은 것이다. 바꾸어 말하면 바닥끝이 없는 구멍이다. 끝이 없는 구멍으로 빠져 들어간다는 것은 영원히 여행하는 것이다. 그리고 쾌적하게 담에 둘러싸인 막다른 골목은 완벽한 천국일지도 모른다. 그러나 그 막다른 골목이 아무리 낙원 같은 은폐지이고 평화와 행복으로 가득 차 있다 하더라도 거기에 도착한다고 해서 우리가 만족스럽게 되지는 않을 것이다. 그리고 밑끝이 없는 구멍 속으로 무한히 내려간다고 해도 마찬가지일 것이다.

사랑은 목표가 아니라 여행일 뿐이다. 마찬가지로 죽음도 목적이 아니라 근원적 혼돈으로 흩어져 들어가는 여행이다. 그리고 이 근원적 혼돈에서부터 모든 것이 재창조되어 나온다. 따라서 죽음 역시 막다른 골목이라고 할 수 있는 일종의 도가니이다. 목적지라는 것이 있기는 하지만, 그 목적지는 사랑도 죽음도 아니다. 그것은 무한하지도 않고 영원하지도 않은 목적지이다. 그것은 정밀(靜謐 : 조용하고 편안함)의 세계이며 환희의 왕국이다. 여기에 도달한 우리는 장미가 된다. 이 장미는 기적과 같은 순수 구심점이며 해탈된 순수 평형이다. 이 장미는 시공(時空) 가운데에서 완벽한 균형을 취하고 있다. 그렇기 때문에 이 장미는 시공 어느 것에 속해 있지 않고 오직 완벽성, 다시 말하면 순수한 내적 해탈성에 의하여 순화된 것이다.

우리들은 시공(時空) 속에 사는 존재이다. 그러나 우리들은 장미와 같기도 하다. 우리들은 완성에 도달하기도 하고 절대성을 성취하기도 한다. 우리들은 시공 속에 살면서도 동시에 순수한 초월의 존재가 되기도 한다. 시공에서 해탈하여 절대적인 경지, 환희의 세계 속에서 완성되기도 한다.

우리들은 사랑을 포위하고 또 초월한다. 사랑은 멋진 연인들에 의하여 포위되고 초월되어 왔다. 우리들은 완벽한 도착지, 장미와 같다.

사랑은 단세포가 아니라 다양한 것이다. 성스럽고 비속한 남녀간의 사랑이 있고 "너 자신을 사랑하듯 이웃을 사랑할지어다"라고 하는 기독교의 사랑도 있다. 그리고 신에의 사랑도 있다. 하지만 어떤 경우든 사랑은 융합하는 것이다.

사랑이 이중의 의미를 지속해 온 것은 남녀의 결합에서 뿐이다. 성스러운 사랑 그리고 비속한 사랑은 서로 상반적인 것이지만, 둘 다 사랑임엔 틀림없다. 남녀간의 사랑이야말로 이 세상에서 가장 위대하고 가장 완전한 정열이다. 남녀간의 사랑은 이원적이고 상반적인 양성의 사랑이기 때문이다. 남녀간이 사랑은 수축과 이완을 거듭하는 생명의 고동이다.

성스러운 사랑은 몰아적(沒我的)이며 자신의 만족만을 추구하지 않는다. 사랑을 하는 남자는 그의 연인에게 봉사하며 그 여자와 일체(一體)가 되는 완전한 융합을 추구한다. 그러나 남녀간의 완전한 사랑은 신성하기도 하고 비속하기도 하다. 비속한 사랑은 그 자체의 만족만을 추구한다. 나는 연인 속에서나 자신의 만족을 추구하고 그 여자에게서 만족을 짜내려고 씨름을 벌린다. 이때 우리는 순수하지 못하게 되고 혼란 속에 빠진다. 나는 여인 속에, 그리고 여인은 내 속에 존재한다.

그럴 수밖에 없다. 이것은 혼란이며 혼돈이기 때문이다. 따라서 나는 용기를 내어 연인에게서 자유스럽게 빠져나오려 하며, 여자도 나와의 완전한 대립 상태에서 손을 뺄 수밖에 없게 된다. 그러면 우리의 영혼 속에는 광명도 어둠도 아닌 황혼이 깃들게 된다. 광명은 순수 속에 응결할 수밖에 없게 되고, 어둠은 그 반대편에 머물 수밖에 없게 된다. 양자는 완전히 대립 상태에 서서 상대를 받아들이지 않고 자기 위치를 고고히 고수하지 않으면 안 된다.

우리는 장미와 같다. 하나가 되기를 지향하는 순정 속에서, 분별과 분리를 지향하는 정열 속에서,

양자의 완전한 분리를 요구하면서 황홀한 융합을 바라는 이원적 정열이, 바꾸어 말하면 새로운 국면이 일어난다. 이것은 완전한 단일성 속의 두 개체가 장미꽃이 만발하는 천국으로 이식하는 초월성인 것이다.

그러나 남녀간의 사랑은 그것이 완전무결하게 될 때에도 이원적 요소를 그래도 유지한다. 그것은 순수한 융합 속으로 녹아 들어가는 것이며 동시에 순수 관능의 마찰이기도 하다. 나는 순수한 융합 속에서 사랑 그 자체가 된다. 그리고 나는 순수하고 격렬한 관능적 정열 속에서 분화(焚火)되어 본질이 된다. 나는 자궁에서 쫓겨나와 순수한 개체가 된다. 마치 보석이 혼탁한 흙 속에서 튀어나와 찬란한 보석 자체로 남게 되듯이 나는 침범할 수 없는 유일한 자아가 된다.

여자와 나도 혼탁한 진흙이다. 그러다가 두 사람의 극렬한 성애(性愛)의 불꽃으로 말미암아, 그리고 강렬한 파괴적 불꽃의 마찰로 말미암아, 나는 산산이 부서져서 그 여자의 근원적 타자(他者) 속으로 흡수된다. 그것은 파괴적 불꽃과 같은 불경스러운 사랑이다. 하지만 그것은 우리를 유일한 상태로 승화시키고 우리들을 혼돈으로부터 유일하고 보석 같은 개체로 바꾸어 놓는 불꽃이다.

남녀간의 완전한 사랑은 이렇게 이원적이다. 융합

하는 운동이요, 함께 녹아서 유일체가 되는 과정이다. 이 사랑은 소진(消盡)되어 명료한 개체, 상상할 수 없는 타자가 되는 강렬하고 마찰적이고 육감적인 희열이다. 그렇다고 남녀간의 모든 사랑이 완전한 것은 아니다.

예를 들면 성 프란시스와 성 클레어의 사랑, 또는 베타니 메어리와 예수의 사랑같이 온후한 유일체로 나타나는 사랑도 있을 수 있다. 이런 사랑에는 개별성도 없고 분리성도 없고 특유한 타자(他者)도 전혀 발견할 수 없다. 이것은 소위 신성한 사랑이라고 하는 편애(片愛)이다. 이것은 가장 순수한 행복만을 알고 있는 사랑이다.

한편, 트리스탄과 이졸드의 사랑(역주=바그너 작의 가곡)처럼, 관능적 희열의 사랑스런 전투, 아름답기는 하지만 결사적인 남성 대 여성의 대치(對峙)인 사랑이 있을 수 있다. 여기의 애인들은 오만하기 그지없으며 장엄한 깃발을 들고 전진한다. 한 사람은 빛나는 보석처럼 거만한 남성적 고립 가운데 고고히 우뚝 솟아 있고, 한 사람은 찬연한 백합처럼 자만스러운 여성적 미향(美香) 속에 균형을 잡고 서 있다. 이러한 사랑은, 분리된 두 개체가 결국 죽음으로 인해 갈기갈기 찢어지게 될 때 살을 에이는 듯한 비극으로 종말을 맺는다고 한다면, 신성한 사랑은 격심한 동경과 겸양에 찬 비애 속에서 막을 내린다고 할 수 있다. 성 프란시스는 성 클레어를 비통에 싸이게 해 놓고 세상을 떠난다.

하나이면서도 동시에 둘이 있어야 한다. 항상 하나 속에 둘이 있어야 한다. 융합하는 달콤한 사랑과 육감적 완성의 강력하고도 자만스런 사랑, 이 두 사랑은 하나의 사랑 속에서 결합해야 한다. 그러면 우리들은 장미같이 된다. 그리고 사랑마저도 초월한다. 사랑은 포위되고 초월된다. 우리들은 순수하게 연결된 두 개체이며 마치 보석처럼 상상할 수 없는 타자 속에 격리된다. 그러나 우리를 포용하고 초월한다. 그러면 우리들은 피안의 세계에서 한 송이의 장미가 된다.

기독교적 사랑, 인류애라고 하는 사랑은 항상 신성하다. 나는 자신을 사랑하듯 이웃을 사랑한다. 그러고 나면 어떻게 되는가? 나는 확장되고 나 자신을 초월하게 되어 인류와 하나가 된다. 전 인류 속의 통일체가 되는 것이다. 나는 대우주의 축도인 소우주가 되는 것이다. 인간은 이때 사랑에 의하여 완성되고 오직 사랑 속에서만 살아가는 존재가 된다. 그렇게 되면 인류는 사랑의 총체가 될 것이다. 이것이 바로 자신들을 사랑하듯이 이웃을 사랑하는 사람들의 완전한 미래상이다.

하지만 이를 어찌하랴! 비록 내가 아무리 소우주가 되고 인류애의 모범적 인물이 된다고 하더라도,

나의 마음 속 안에는 나 자신을 분리 구별하여 다른 모든 것과 동떨어지고 사자처럼 오만하고 별처럼 고립된 보석 같은 단자(單子)가 되고 싶어 하는 필연성이 있다. 이것은 내 마음 속 안에 있는 필연성이다. 이 필연성은 충족되지 않으면 않을수록 더욱 강력해지고 나중에는 마음의 지배자가 된다.

그러고 나면 나는 현재의 자아를 증오하게 되고 인류의 축도이자 소우주인 나 자신을 참으로 증오하게 된다. 인류애에 도달한 자아에 집착하면 할수록 나는 나 자신을 미치도록 증오하게 된다. 그래도 나는 이웃을 사랑하는 인류의 대표자가 되려고 계속 고집하게 되지만, 결국 단자를 지향하는 미완성된 정열은 나를 행동으로 몰아넣는다. 그러면 나는 나 자신을 미워하듯 이웃을 미워하게 된다. 이웃과 나에게 참으로 슬픈 일이로다! 신들은 파멸시키고 싶은 사람들을 우선 미치게 만들어 놓는다. 자아에 대한 잠재의식적 반항에 의하여 행동으로 옮기도록 강요됨으로써 우리들은 미치게 된다. 자신이 미워하는 자아를 집요하게 유지하려 해도 아무 소용이 없게 된다.

이때 우리들은 당황하여 어찌할 바를 모르게 된다. 우리들은 인류애라는 미명 하에 도리어 인류를 증오하게 되는 엄청난 맹목적 행동으로 치닫게 된다. 우리들은 자신의 분열, 다시 말하면 이중성으로 말미암아 미쳐 버린다. 우리들은 신들에게 너무 철저하게 봉사하기 때문에 신들은 우리를 파괴하고 싶어한다. 자유·우애·평등으로 요약되는 인류애는 이렇게 되어 끝장이 나고 마는 것이다. 우애스럽고 평등하게 되는 것 이외에 다르게 될 자유가 나에게 없다면, 어떻게 자유가 있다고 하겠는가? 진정한 의미에서 내가 자유롭게 되기 위해서는 나에게 개별적이고 또 불평등하게 될 자유까지 있어야 한다. 우애와 평등이야말로 횡포 중의 횡포다.

형제애, 완전한 인간애도 있어야 하지만 사자나 매처럼 고고하고 독자적인 순수 개체도 있어야 한다. 양자가 다 있어야 한다. 이 이중성에 완성이 있을 수 있는 것이다. 인간은 서로 창조적이고 행복하게 화합하며 행동해야 한다. 이것이 바로 최고의 행복이다. 하지만 또한 인간은 다른 사람과 떨어져서 독자적으로 자기 책임을 자기가 지고 불굴의 자만심에 불타며 개별적인 행동을 해야만 한다. 이웃의 눈치를 보는 일없이 자력으로 움직여야 한다. 이 두 가지 행동은 서로 상반되는 것이기는 하지만, 그렇다고 상충되는 것은 아니다. 우리들에게는 이해심이라는 것이 있다. 만일 우리가 이해를 한다면, 우리들은 두 가지 행동 사이에서 완전한 균형을 취할 수 있다. 우리들은 고립된 단일체이면서 인류의 커다란 조화체이기도 하다. 그렇게 될 때 완벽한 장미는 우리를 초월하게 된다. 이 세상의 장미가 아직껏 만개한 적은 없지만, 우리가 자유분방하게, 그리고 두려운 마음을 갖지 아니하고 미지의 세계에서 솟아나는 영육의 내면적 욕구를 따라 앞서의 양면성을 이해하고 양쪽 방향에 따라 살아갈 때, 그 장미꽃은 피어날 것이다.

마지막으로 신에 대한 사랑이 있다. 우리가 신을 사랑할 때, 우리는 신과 일체가 되는 것이다. 하지만 우리가 알고 있듯이 신은 무한한 사랑이든지 아니면 무한한 오만과 권력이다. 틀림없이 둘 중의 하나다. 예수가 아니며 여호와이다. 양자는 항상 서로 배타적이다. 그러므로 신은 영원히 시기심에 차 있다. 만일 우리가 한 신을 사랑하게 되는 경우 조만간 이 신을 증오하고 다른 신을 택할 수밖에 없게 된다. 이것은 종교적 경험의 비극이다. 그러나 불가지한 존재인 성령(聖靈)은 우리들에게 있어서는 유일하고 완전한 존재이다.

우리가 사랑할 수 없는 것이 있다. 왜냐하면 그것이 사랑이나 미움을 초월하고 있기 때문이다. 모든 창조를 주재하는 알 수 없는 존재가 있다. 우리들은 이것을 사랑할 수 없다. 다만 우리 자신의 한계를 인정하고 우리를 인간으로서 받아들일 수밖에 없다. 우리들은 오직 미지의 세계로부터 심오한 욕구가 우리들에게 밀려오고 또 이 욕구의 성취가 바로 창조

의 성취라는 것을 알 수 있을 뿐이다. 우리들은 장
미가 꽃을 피운다는 것을 알고 있다. 그리고 우리가
꽃을 피게 할 수 있다는 것도 알고 있다. 신념과 순
수하고 내적인 도덕심을 갖고 또 장미는 꽃을 피운
다는 것을 인식하고 또 그 정도의 인식이면 충분하
다고 생각하면서, 내적 욕구에 따라 걸어가는 것이
우리들의 임무인 것이다.

# 수탉을 닮은 여성과
# 암탉을 닮은 남성

　여성에게는, 두 가지 면이 있는 성싶다. 하나는 상냥한 면이고 다른 하나는 대담한 면이다. 적어도 소설에서, 남성들은 "네, 좋으시다면 그렇게 하죠!" 이렇게 어쩔 수 없이 받아들이는 상냥한 여성을 즐겨 다루어왔다. 상냥한 처녀, 상냥한 아내, 상냥한 어머니—이러한 여성상은 아직도 우리들의 이상형이 되고 있다. 실제로 이렇게 상냥한 여성들이 적지 않고 또 그러한 체 새침을 떠는 사람들도 꽤 있다. 그러나 대다수의 여성들은 그러하지 못하며 그런 체도 하지 않는다. 재치있게 자동차를 몰고 가는 처녀가 상냥하기를 우리는 기대할 수 없는 것이며, 오히려 대담하기를 바랄 뿐이다. 그리고 "네, 좋으시다면 그렇게 하죠" 이렇게 대답하는 상냥한 여성 국회의원이라면 무슨 소용이 있겠는가. —하기야 그런 유형의 남성 국회의원이 있기는 하다. 그리고 상냥한 교환양, 하다못해 상냥한 여속기사의 소용은? 확실히 상냥함이란 단발머리처럼 여성의 외적 장식이 되고 있다. 그러나 그 속에는 내적 대담성이 항상 뒤따르고 있다. 세파를 헤쳐나가야 하는 여성은 대담해져야 한다. 만일 그녀가 대담성과 상냥하고 귀여운 태도를 겸비하고 있다면, 그녀는 참으로 운좋은 여자다. 일석이조(一石二鳥)를 노릴 수 있기 때문이다.

이와 같은 두 종류의 여성들에게는 제 나름대로의 자신감이 따른다. 즉 독단적인 수탉형 여성과 차분한 암탉형 여성이 그것이다. 정말로 현대적인 여성은 수탉형 여성이라고 할 수 있다. 수탉형 여성은 의구심이나 불안을 갖지 아니한다. 현대형의 여성이다. 그런가 하면 상냥한 구식 여성은 말하자면 전혀 인식도 하지 못하면서 마치 암탉처럼 차분한 자신감에서 싸여 있었다. 그녀는 차분하지만 그래도 걱정에 휩싸인 꿈속에서 꼬꼬댁 대며 바삐 돌아다니고 알을 낳고 병아리를 돌보았다. 하지만 그 차분함이란 정신적인 자신감에서 우러나온 것이 아니라 일종의 육체적 조건이었다. 그러나 이 조건은 대단한 정신적 안정을 주긴 하지만 일단 놀라거나 겁을 먹으면 쉽게 사라지는 것이었다.

닭의 세계에서 이와 같은 두 종류의 자신감을 살

펴보는 것은 참으로 재미있는 일이다. 수탉은 본래 자신감에 차 있다. 수탉은 날이 밝아오는 것을 확신하고 울어댄다. 그러면 암탉은 날갯죽지 밑으로 밖을 빠끔히 내다본다. 수탉은 암탉 우리의 문 쪽으로 행진이나 하듯 걸어가 단호하게 고개를 내민다.

"하하! 날이 밝았소! 그렇고말고! 내가 알려준 대로요!"

수놈은 이렇게 말하고는 거만스럽게 발길을 대지로 향하며 사다리를 내려선다. 그놈은 자신의 자신감에 이끌려 암탉들이 뒤를 조심스럽게 따라오리라는 것을 알고 있다. 예상대로 암탉들은 그를 따라 조심스럽게 발길을 옮긴다. 수놈이 다시 울어댄다.

"하하! 따라나섰구먼!"

이것은 논의할 여지도 없는 일이다. 암탉들은 이 사실을 전적으로 받아들인다. 수탉은 집 쪽을 향해 전진한다. 집에서는 사람이 모이를 뿌리며 나타나야 한다. 어째서 사람이 나타나지 않는가? 수탉은 확인이라도 해야겠나 보다. 그놈은 자신만만하다. 문 입구에서 커다랗게 다시 울어대자 주인이 나타난다. 암탉들은 그럴 듯하다는 생각을 하다가는 곧 흩어진 모이에 암탉다운 관심을 보이며 열심히 모이를 쪼아먹는다. 그 동안 수탉은 이 모든 것이 자기 책임 하에 있다는 자신감에 싸여 이리 뛰고 저리 뛰며 수선을 핀다.

이렇게 해서 하루가 진행된다. 수탉은 모이를 발견하면 큰 소리로 암탉들을 불러댄다. 암탉들은 암탉다운 자신감을 갖고 우르르 몰려들어 욕심껏 먹는다. 그러나 암탉이 맛있는 모이를 발견할 때에는 수탉에게 알리지도 않고 다소곳이 먹어 버린다. 그러나 병아리들이 있을 때에는 물론 아주 안달스럽게 불러 댄다. 그러나 방법은 다르지만 암탉은 어렴풋하나마 자신감이 들 때에는 수탉보다도 훨씬 더한 자신감에 넘친다.

예를 들어 암탉이 알을 낳으러 갈 때를 생각해 보자. 암탉은 마음에 드는 둥우리를 끈덕지게 확보해 놓고는 알을 낳는다. 그리고는 오연(傲然)한 자신감을 갖고 다시 걸어나와서는 그 무엇에 비길 수 없는 자신만만한 소리를 지른다. 알을 낳은 암탉의 의기충전한 소리다. 알을 낳은 암탉만큼의 자신감을 그 무엇에 대해서도 한번도 가져보지 못한 수탉은 자기가 암탉이나 된 듯이 꼬꼬댁 대기 시작한다 수탉은 암탉다워지기를 갈망하고 있는 것이다. 암탉의 차분한 자신감은 수탉의 독단적인 자신감보다 훨씬 강력하기 때문이다.

그러나 적극적인 수탉의 자신감에는 지배자적인 면이 있다. 매가 하늘에 나타나면 수탉은 경계의 울음소리를 크게 지른다. 그러면 암탉들은 툇마루 밑으로 모여들고 수탉은 부호의 날개를 퍼덕인다. 암닭들은 무서워서 몸을 버들버들 떨면서 말한다.
"아이고, 무서워 죽겠네! 저렇게 용감한 수탉이 되면 얼마나 좋을까!"
그들은 실신이나 한 듯 이리 몰리고 저리 몰린다. 그러나 이렇게 두려움에 몸을 떠는 것이 암탉다운 면이다.
하지만 수탉이 알이나 낳을 듯이 꼬꼬댁 소리를 칠 수 있듯이, 암탉도 꼬끼오 하고 때를 알릴 수도 있다. 암탉도 조만간 수탉다운 자신감을 취할 수 있다. 그러나 암탉다웠을 때의 자신감보다는 수탉의 몸짓을 취할 때의 자신감이 훨씬 불안하다. 암탉이 수탉다워질 수는 있다 하더라도 그때의 암탉은 불안해지는 것이다. 비록 몸은 떨고 있다하더라도 암탉다웠을 때의 암탉은 안정되어 있다.
거대한 인간에 있어서도 똑같은 것같이 보인다. 어찌된 것인지 오늘날에 와서는 모든 수탉들은 알이라도 낳을 듯이 꼬꼬댁 대고 있고, 모든 암탉들은 아침 해라도 불러낼 듯이 꼬끼오 소리를 치고 있다. 오늘날의 여성이 능동적 수탉형이라면 남성은 수동적 암탉형이다. 남성들은 비겁하고 겁 많고 꽤나 부드럽고 복종적이며 암탉 같은 소심 속에 안주하고 있다.
그들은 다른 사람들이 부드럽게 말을 걸어왔으면 하고 기대할 뿐이다. 그래서 오히려 여성들이 자신있게 걸어나와 커다란 목소리로 꼬끼오 소리를 치고 있는 것이다.

수탉형 여성의 비극은 그들이 배짱좋게도 수탉 자신보다도 더욱 의기양양해 하는 점에 있다. 수탉은 아침에 소리 높여 울고는 다른 놈이 도전적 응답을 감히 보내는지 귀담아 듣고 있다는 사실을 여성들은 결코 깨닫고 있지 못한 것이다. 청명한 날에도 수탉에게는 항상 저항, 도전, 위험, 죽음 아니면 이러한 가능성이 뒤따르고 있는 것이다.

그러나 슬프게도 암탉은 일출(日出)을 알리기 위해 꼬끼오 하면서도 저항이나 도전을 찾으려고 귀를 기울이지 않는다. 아무리 울어대도 반향을 일으키지 못한다. 꼬끼오 자체로 끝나는 것이지 반응을 일으키든 무반응을 남기든 아무 상관이 없는 것이다.

여성의 남성화가 그다지도 위험하고 그다지도 유해한 이유가 바로 이것이다. 그것은 참으로 공전하는 톱니바퀴와 같은 것이며 여타의 것과는 아무 관계가 없는 것이다. 수탉을 닮은 여성의 비극이 여기에 있는 것이다. 그들 자신들도 종종 깨닫고 있는 바이기는 하지만 그들은 알을 낳지 못하고 투표니 빈 잉크병이니 아니면 절대로 부화될 수 없는 물건을 낳아 놓은 것이다. 이런 일은 그들에게 아무 쓸모 없는 것이다.

이것이 현대 여성의 비극이다. 현대 여성은 남성

화되어 깊이 생각해야 할 부정적인 의견에는 관심도 두지 않고 자신의 모든 정열과 에너지와 시간을 어떤 노작이나 주장에 쏟고 있다. 현대 여성은 수탉처럼 되었지만 언제나 암탉은 암탉이다. 자신의 암탉 같은 자아에 대하게 되면 깜짝 놀라면서도 그녀는 참정권이나 복지사업이나 스포츠니 사업이니 하는 일에 미친 듯이 뛰어다닌다. 그녀는 남성다운 면에는 놀라웁게도 남성을 앞지르지만, 슬프도다. 그것은 근본적으로 지리멸렬하다. 전적으로 태도만이 그런 것이다.

언젠가 이 태도가 기묘한 경련이나 통증으로 변하게 되면 그것은 붕괴하고 말 것이다. 그것이 붕괴된 후 자기가 낳은 알, 다시 말하면 참정권이니, 수마일에 달하는 타자니, 수년에 걸쳐 쌓아놓은 사업의 결과니 하는 것을 보게 될 때, 갑작스럽게 그녀가 해 놓은 모든 것이 그녀에게 전혀 무(無)인 것으로 변할 것이다. 그녀는 수탉이 아니라 암탉이기 때문이다.

갑자기 그것이 본연의 여성다운 자아와의 관계에서 떨어져나가면, 그녀는 자신의 인생을 잃어버리고 말았다는 것을 깨닫게 된다. 사랑스럽고 여성다운 자신감, 모든 여성의 진정한 희열인 상냥함을 그녀는 한 번도 대해 보지 못했던 것이다. 그녀는 일생을 아주 억세게 그리고 의기양양하게 살아왔기 때문에 자신의 생활을 송두리째 놓쳐 버리고 만 것이다.
실로 무(無)이로소이다!

# 호저(豪猪)의 죽음에 대한 회상

산등성이로 향하는 작은 소나무 숲 사이에는 벌거벗은 곳이 많이 있었다. 호저(豪猪)(역주=아프리카 산바늘 두더지)들이 나무껍질을 긁어 먹고 하얀 등거리만 앙상하게 남겨 놓았기 때문이다. 그리고 몇몇 나무들은 꼭대기로부터 죽어가고 있었다.

인디언들이나 멕시코인들이나 미국 사람들이나 누구 할것없이 입을 모아 호저는 죽여 마땅하다고들 했다.

한 달 남짓 전쯤이었을까, 어느 달밝은 보름날 내가 넓은 공터를 걸어 내려가고 있을 때, 커다란 호저 한 놈이 컴컴한 나무숲을 향해 보잘것 없는 건초 속을 뒤축뒤축 기어가고 있었다. 그놈은 털을 온통 곤두세우고 있었기 때문에 걸을 때마다 등을 반원형으로 구부리는 그의 모습은 달빛을 받아 높이서 흔들거리는 월광을 발하는 듯했다. 마치 이놈이 악마 같은 자태를 대기에 발산이나 하는 것처럼, 이런 모습은 묘하게도 두려워 보였다.

그놈은 곰같이 둥근 등 뒤로 하얗고 뾰족한 스푼 모양의 꼬리를 내저으며 천천히 뒤뚱뒤뚱 걸어갔다. 그놈의 행동은 풍뎅이처럼 둔탁하고 비열했다. 기분 나쁜 행동이었다. 나는 그놈을 따라 컴컴한 나무숲 속으로 들어갔다. 그놈은 그곳에서 진드기처럼 땅에 붙어 있다가는 소나무 줄기를 타고 결사적으로 기어오르기 시작했다. 번쩍이는 커다란 진드기나 빈대가 높은 데를 애써 기어오르는 것과 흡사했다.

나는 그놈의 존재가 기분 나빴지만 가까이에 서서 지켜보았다. 하기야 그런 놈을 죽여 버리는 것이 일종의 의무이기도 하겠지만, 그놈을 살상하기가 싫다는 생각이 그놈을 싫어하는 생각보다 더욱 강렬했기 때문에 그저 기어오르는 꼴을 바라보고만 있었다.

그놈도 나를 보았다. 그놈은 거의 사람 키만큼 올라갔을 때, 달무리처럼 빛나는 털을 내저었다가는 망설이다가 슬슬 미끄러져 내려왔다. 내가 해를 끼칠지 또는 끼치지 않을지는 모르지만 만약 막대기라도 드는 경우 쉽게 때려 눕힐 수 있다는 판단에 더 이상 높이 올라가는 것은 위험천만스러운 일이라고 그놈이 생각했던 것이 틀림없었다. 그놈은 슬슬 미끄러져 내려와서는 스푼 모양의 뾰족한 백색꼬리를 전과 마찬가지로 멍청하게 움직이면서 어기적어기적 걸어갔다. 몸집이 중돼지만한 그놈은 어쩌면 곰을 더 닮았다.

나는 그놈을 가게 내버려 두었다. 참으로 불쾌한 놈이었다. 달빛이 맑고 밝은 교교한 로키산맥의 한 오물처럼 보였다. 모든 야성동물에게는 추한 면이 있게 마련이지만, 보는 이로 하여금 메스꺼움을 느끼게 하는 꼴이었다. 어찌되었든 소나무 가지를 꺾어 들고 때려 죽이기가 지저분하게 느껴지는 놈이었다.

며칠 후였다. 소나무들이 다소곳하나마 그래도 자신감있게 새싹을 내밀고 있던 어느 무덥고 바람 한 점 없는 아침이었다. 나는 기분이 별로 좋지 않았다. 눈이 까만 암소 수산이 숲속으로 사라져서 그놈을 찾아나서야 했기 때문이었다. 그러니까 젖을 짜기 전인 아홉시 경이었다. 그때 아내가 갑자기 들어오면서 말했다.

"깜짝 놀랐어요! 이상한 개 두 마리가 있는데 그 중 한 놈의 코 주위에는 질겁을 할 정도로 수염이 달려 있지 뭐에요."

아내는 괴상한 놈을 보고 어린 아이처럼 질겁을 하고 있었다.

"수염이라니! 아마도 호저의 털이겠지! 그놈은 호저를 뒤쫓고 있었으니까."

"아아." 그녀는 안도의 소리를 질렀다.

"그럴싸하구먼요. 그런가 보구먼요!"

그녀는 목소리를 바꾸어 말했다.

"가련한 놈 같으니라구. 상처를 입을까요?"

"그럴 거요. 그놈이 언제 왔나?"

"밤중에 개 짖는 소리를 들었어요."

"그랬소? 왜 그런 말을 하지 않았소? 말을 했더라면 수산이 도망치는 것을 알았을 텐데."

목장은 외떨어져 있었다. 밤이면 아무 소리도 들리지 않고 오직 누구도 꼬집어 지적할 수 없는 밤의 오만가지 소요가 있을 뿐이었다. 천지(天地)의 심연(深淵) 속에 퍼지는 우주의 소요라고나 할까.

나는 밖으로 나갔다. 햇빛이 눈부시게 비치는 들판에 개 두마리가 서 있었다. 하나는 얼룩 무늬의 개고 또 하나는 콜리 타입의 개로 몸집이 크고 털이 많고 꽤 예쁘장한 다색의 개였다. 이 다색의 개가 이상한 외모 때문에 다소 무섭게 보였다. 귀신의 턱수염같이 하얀 바늘이 주둥이에 온통 꽂혀 있었다.

내가 울타리를 지나 다가가자, 얼룩 개는 달아났지만, 다색 개는 낑낑 콧소리를 내면서 안절부절 못하고 있었다. 살도 통통히 찌고 건강이 좋았다. 산간에서 양을 치는 목동의 개일 것이라고 생각했다.

내가 다가가자 그놈은 꼬리를 치고 낑낑 소리를 내고 고개를 내저으며 춤을 추듯 왔다갔다하면서 기다리고 있었다. 그놈은 더 이상 감히 앞발로 코를 문지르지 못했다. 너무나 심하게 상처를 입고 있었다. 내가 머리를 쓰다듬으며 코를 들여다보고 있는 동안 그놈은 낑낑 소리를 크게 냈다.

코 주위에는 온통 꽂혀 있는 바늘이 30개는 족히 넘었다. 이미 피가 흐르고 부어 있는 코 주위에는 하얗고 보기 흉한 바늘이 1인치 내외로 삐죽삐죽 내밀고 있었다. 이곳 호저들의 바늘 길이란 1~2인치밖에 안되었지만 참으로 지독했다. 만일 이 바늘을 빼주지 않으면 개는 죽게 된다. 바늘들은 계속 파고 들어 살갗을 뚫고 엉뚱한 곳으로 삐져나오는 경우도 있기 때문이다.

아주 우스운 일이 시작되었다. 그놈을 마당으로 끌고 들어오자, 그놈은 반 갤런이나 되는 병아리의 신 우유를 다 먹었다. 그런 후에 나는 바늘을 하나하나 뽑아내기 시작했다. 몸집이 크고 털이 많고 예쁘장했지만, 그는 이미 담력을 잃고 있었다. 바늘을 뽑아낼 때마다, 그는 짖어대곤 했다. 기다란 바늘은 뽑아내기가 용이했지만, 입술가에 박혀 있는 짧은 바늘은 잡기도 힘들었고, 잡았다 하더라도 뽑아내기가 여간 힘들지 않았다. 바늘을 하나하나 끄집어 낼 때마다 피가 조금씩 솟아나오고 개는 짖으며 아파서 몸부림까지 쳤다.

개는 바늘을 뽑아주기를 바랐지만 이미 용기를 잃

은지라 내 손이 코 가까이로 갈 때마다 그놈은 고개를 홱 젖혔다. 나는 개를 얼르면서 살그머니 바늘을 잡고 잡아챘다. 내 손은 피투성이가 되었다. 그러나 하나하나 뺄 적마다 그는 더욱 녹초가 되었다. 내가 노력 노력하여 또 다른 바늘을 잡자, 그는 고개를 홱 젖히고는 몸을 비틀면서 신음을 지르고는 마룻바닥 밑으로 달아났다.

이 일은 참으로 불쾌하고 성가신 일이었다. 그날은 날씨도 찌는 듯했다. 개가 다시 나와서 나는 한 시간 이상이나 그놈과 씨름을 했다. 그러다가 우리들은 하는 수 없이 개의 눈을 가렸다. 그러나 코 가까이 가는 내 손의 냄새를 맡았는지 아니면 기묘한 본능에 의해서인지, 그놈은 아주 천천히 손을 내밀어 가시를 잡을라치면 머리를 좌우 상하로 움직였다.

입술과 턱에 박힌 바늘들은 깊이 박혀 있었다. 주위는 붓고 피가 엉켜 있었다. 쓰라린 흙색 피부에서 4분의 1정도밖에 하얀 그루터기가 삐져나와 있지 않았다. 그런 것들을 잡아 빼기란 여간 힘든 일이 아니었다.

우리들은 그놈을 마루 밑 조용하고 서늘한 곳에서 잠시 쉬도록 했다. 반 시간 후에 그놈이 다시 기어나왔다. 이번엔 우리들은 바늘 뒤쪽으로 코 주위에 줄을 매고는, 한 사람이 펜치로 그루터기만 보이는 가시를 뽑는 동안 다른 사람은 그 줄을 잡고 있었다. 그러나 이것도 몹시 힘든 일이었다. 바늘이 나올 적마다 짖는 개의 소리는 사람을 깜짝깜짝 놀라게 만들었다. 그리고 개도 아픔에 놀라곤 했기 때문에 이제 더이상 머리가 흔들리지 않게 붙잡기도 불가능했다.

두 시간 동안이나 애를 쓴 끝에 약 20개의 바늘을 뽑아낸 후, 나는 이제 포기를 하고 말았다. 개를 진정시키기가 불가능했을 뿐만 아니라 나도 지쳐 있었다. 콧등은 말끔해졌으나 구멍이 나고 부풀고 피로 검게 되어 엉망이었다. 그리고 입술도 말끔했다. 그러나 하얀 털이 좀 나 있는 작은 턱 주위에는 아직도 일곱 내지 아홉개의 하얀 바늘이 깊이 박힌 채로 남아 있었다.

우리들은 개를 풀어 주었다. 그랬더니 마루 밑으로 달려가서는 몸을 감췄다. 그러나 여우같이 털이 복실복실한 꼬리만은 보였는데, 그놈은 우리가 가까이 다가가면 꼬리를 흔들었다. 정오가 가까워지자, 그놈은 다시 나와 병아리 모이를 먹고는 꼬리를 흔들면서 심술 궂게도 거부와 두려움과 우의와 욕망이 엇갈린 표정으로 서 있었다. 그러나 나는 할 만큼 다 했다.

"가거라!"

내가 소리쳤다.

"집으로 가! 주인한테 가서 마무릴 해달라고 해."
그놈은 가려고 하지 않았다. 나는 햇볕이 뜨거운 들판을 가로질러 그놈이 가야 할 방향으로 데리고 갔다. 그놈은 백여 야아드쯤 따라오더니 돌연 뜨거운 햇볕 속에 꼼짝않고 섰다. 그곳을 떠나려고 하지 않았다.
나는 그놈이 있는 것이 싫었다.
그래서 나는 돌멩이를 집어들었다. 그랬더니 그놈은 꼬리를 내려뜨리고는 집을 향해 어슬렁어슬렁 걸어갔다. 나는 그놈의 의도를 알고 있었다. 마루 밑으로 들어가 처박혀 있다가는 자주 들락날락할 작정인 것이다.
나는 돌을 떨어뜨리고 삼나무 밑에서 막대기 하나를 집어들었다. 이미 구름 한 점 없는 청명한 날임에도 불구하고 열기를 타고 천둥 번개가 일어나 사람의 기분을 헝클어지게 만들었다.
나는 개가 더 이상 주위에서 서성거리는 것을 참을 수 없었다. 나는 그놈에게 가만히 다가가,
"집으로 가거라!"
하고 소리를 지르면서 막대기로 갑자기 세게 때렸다. 그놈이 고개를 획 돌리는 바람에 막대기 끝이 그놈의 아픈 코를 내리쳤다. 그놈은 비명지르면서 늑대처럼 언덕 밑으로 달아나 눈깜짝할 사이에 사라졌다. 나는 의도한 것은 아니었지만 아픈 코를 때린

데에 대하여 후회를 하면서 들녘에 그냥 서 있었다.

그러나 그놈은 없어졌다.

얼마 후에 달이 떠올랐다. 그리고 밤은 다시 맑아졌다. 그러나 그 동안 뇌성우가 쏟아졌기 때문에 들을 가로지르는 도랑에는 맑은 물이 흐르고 있었다. 그리고 그 맑은 밤에는, 거울 같은 찬란함은 없었지만 유월을 보내는 찬란한 달의 공포감이 있었다.

목장에는 오직 우리들뿐이었다. 아내가 집으로 들기에 앞서 맑은 밤 속으로 나왔다. 개울물이 백은(白銀)의 줄인 양 내가 파논 봇도랑을 따라 들을 가로질러 흐르고 있었다. 집 앞에 서 있는 소나무는 까만 그림자를 드리우고 있었다. 산비탈은 제멋대로 집의 담까지 흘러내려 있었다.

"이것 봐요!"

아내가 흥분하여 말했다.

"커다란 호저가 도랑에서 물을 마시고 있어요. 처음엔 곰이 아닌가 했어요."

내가 다가갔을 때에는 그놈이 보이지 않았다. 그러나 새싹이 돋아나는 야생 해바라기 숲 사이로, 창백한 생숲 같은 그놈의 회색 영광(映光)이 명암이 엇갈린 달빛을 받으며 멀리서 들판을 움직여 가는 것이 보였다.

우리들은 담을 지나 그놈을 뒤쫓았다. 그놈은 마치 뒷걸음질이나 치듯이 바늘들이 내민 스푼 모양의 백색 꼬리를 뒤로 내저으면서 뒤뚱뒤뚱 걸어나갔다.
실은 그것이 머리였다. 바늘 위의 기다란 털이 마치
숲처럼 어두운 회색빛을 내며 떨고 있었다. 나는 그
놈을 다시 증오하게 되었다.
　"이놈을 죽일까?"
　아내는 망설이다가 불쾌한 어조로,
　"그러죠!"
하고 말했다.
　나는 집으로 돌아가 22구경 소총을 찾았다. 나는
일생 동안 생물에게 총을 쏘아 본 적이 없었다. 그
러고 싶지 않았다. 나는 항상 총이란 대단히 불쾌
한 것, 불길하고 비열한 것이라고 생각했다. 하기
야 한 목표물에 대하여 억지로 한두 번 총을 쏘아
본 일은 있지만, 그런 일조차에도 저항감을 느꼈
다. 누구라도 하고 싶으면 총을 쏠 수 있겠지만, 개
인적으로 나 자신은 시험삼아 하는 것도 불쾌하게
생각되었다.
　그러나 사람의 생각 속에는 무엇인가 서서히 굳어
지는 수가 있다. 바로 지금 그 무엇인가가 나의 생
각 속에 굳어졌다는 생각이 들었다. 나는 떨리는 손
으로 탄약을 장전했다. 그리고는 방아쇠를 뒤로 젖
히고서 호저의 뒤를 쫓았다. 그놈은 아직도 숲속을
어슬렁어슬렁 걷고 있었다. 나는 가까이 다가가면서
겨냥을 했다.

방아쇠는 고정되어 있었다. 나는 호주머니에 있던 안전 핀으로 걸쇠를 밀어 방아쇠를 풀었다. 그리고는 우리들은 호저를 쫓았다. 그놈은 아직도 나무숲 쪽을 향해 뒤뚱뒤뚱 걸어가고 있엇다. 나는 옆쪽으로 다가가 가까이에 서서 발사했다. 숲속에는 달빛의 명암이 엇갈려 비치고 있었다.

전에도 그랬지만 이번에도 너무 높이 조준을 했다. 그놈은 돌아서서 오던 길을 되돌아 허둥지둥 달려갔다.

나는 탄알을 다시 장전하고 쫓아갔다. 이번에는 회색 무리가 빛나는 바로 밑의 둥근 등어리를 정통으로 맞추었다. 그놈은 심하게 비틀거리는 듯하더니 고슴도치처럼 머리를 아래로 처박으면서 몇 발자국 비틀비틀 걸어나갔다.

"아직 안 죽었어요! 다시 쏴요!"

아내가 소리쳤다.

나는 다시 발사하려 했으나 탄알이 없었다.

그래서 나는 재빨리 삼나무 막대기를 잡아들었다. 호저는 퇴색하는 무리를 발하면서 꼼짝 않고 있었다. 그러다가는 경미하게 몸을 움직였다. 그래서 나는 막대기로 그놈을 젖혀 눕히고는 어두웠기 때문에 코가 있음직한 곳을 내리쳤다. 결국 그놈은 죽고 말았다.

나는 달빛을 받으며 처음으로 쏘아죽인 생물을 내

려다보았다.
"비열한 짓으로 보이오?"
나는 멋쩍은 듯이 크게 물었다.
아내는 다시 망설이다가 분개하듯 말했다.
"아니에요."
나는 아내가 옳다고 생각했다. 호저 같은 놈은 방해가 되는 경우 누구나 쏴 죽여야 한다.
누구라도 쏴 죽일 수 있어야 한다. 나 자신도 쏴 죽일 수 있어야 한다. 내 입장에서 보면 이번 일은 일종의 방향전환이다. 그 동안 나는 호저를 죽이기보다는 피해 왔다.
우회하는 것이 좋지 않다는 것을 나는 이제 알았다. 그놈은 누구나가 죽여야 한다. 나는 그놈을 어도우비 벽돌로 만든 구멍에 묻었다.
그러나 어떤 짐승이 그놈을 파내서 뜯어 먹은 것이 틀림없었다. 이틀 후에 보니 호저의 기다란 손뼈와 함께 척추와 다른 뼈들이 흩어져 있었기 때문이다.
가슴에 달린 젖꼭지로 보아 암놈임이 틀림없는데, 이놈에게 근사한 것이 있다면 그것은 발이었으리라. 그것은 기름하고 민첩한 흑색 발이었다. 눈[雪] 위에 난 호저의 행적이 마치 작은 소년의 맨발자국 같아 보인 이유가 그것이다.
어쨌든 그놈은 사라졌지만, 서쪽 숲속에 이놈보다

더 크고 더 까맣게 보이는 또 다른 놈이 있었다. 그 놈도 언젠가는 사살해야만 한다. 이 목장이 반 버려진 목장이기는 하지만, 그렇게 하는 것이 목장을 경영하는 일의 일부이다.

인간이란, 어느 곳에 정착하든 자신의 위치를 지키기 위해 하등 동물에 대항하여 싸워야만 하는 것이다. 가장 소박한 농부라 할지라도 생존의 기본 요건인 음식을 얻기 위해 투쟁하여야만 한다. 사람은 누구나 씨를 뿌리고 또 자라나는 곡물을 총으로 지킨다. 음식, 이 음식은 참으로 묘하게 인간을 동식물계와 연결시켜준다! 이것이 얼마나 중요한가! 그 사이에서 벌어지는 투쟁이 얼마나 치열한가.

사람이 토끼의 껍질을 벗기고 내장을 꺼낼 때에도 마찬가지이다. 상대적이기는 하지만, 동물의 내장이 얼마나 거대하고 또 그 동물의 대부분이 음식으로 사용되고 있다는 사실을 사람은 인식하게 된다. 사람은 다른 동물의 유기적 조직을 먹고 살기 때문이다.

넓은 들녘의 말들이 코를 땅에 들이대고 풀을 계속 뜯는 것, 열중하여 걸어 나가면서 고개를 쳐드는 일도 없이 알팔파의 새싹이며 민들레며 할것없이 무자비하게 계속 뜯어먹는 것을 눈여겨 볼 때, 우리들은 피가 멈추듯 적이 생각에 잠기게 된다. 그러다가는 갑자기 모든 생물이 어떻게 하등 생물을 먹어 버리고 또 먹어치워야 하는가를 인식하게 된다.

수산도 들녘을 가로질러 서성거리다가는 마치 수확이나 거두어들이듯 작은 야생 해바라기 순을 잡아뜯는다. 그러면 그 순들은 암소 수산의 꺼먼 목구멍을 타고 내려간다. 그리고 수산이 암소 특유의 망각 속에서 평화로이 움직이는 아래턱으로 반추를 하며 서 있고, 그리고 내가 젖을 짜고 있을 때, 나는 수산이 연푸른색의 빛나는 눈초리로 두리번거리며 내뿜는 개꽃 냄새를 갑자기 맡고서 수산의 반추물이 해바라기꽃이라는 것을 알아차리게 된다. 해바라기라! 해바라기는 가축을 윤기있고 까맣게 만들며 젖을 짙게 만들 것이다.

병아리의 경우만 해도 멕시코말로 토로라고 하는 커다란 흑색 풍뎅이가 날아가는 것을 보면 꽁지가 빠지게 뒤쫓아간다. 풍뎅이가 어디에 앉으면, 그 즉시 갈색 암탉은 부리로 쪼아 먹는다. 2, 3인치는 족히 되는 커다란 풍뎅이지만 그것은 순식간에 병아리의 먹이가 되어 없어진다.

고양이 팀시만 보더라도, 또 다른 망각 속에 휩싸여 다람쥐를 엿보며 소리 하나 안 내고 가만히 쭈그리고 앉아 있다. 다람쥐들이 병아리 접시에 담긴 밀크를 마시러 내려온다. 두 마리가 접시에서 만났다. 등 뒤로 줄무늬가 진 귀여운 다람쥐들이었다. 그들은 탐색적인 작은 코를 쳐들면서 등을 굽히고 서로 마주 앉았다. 그러고 나서 가끔 작은 두 손을 맞은 편 어깨에 얹고는 일어서서 얼굴을 마주보며 입맞춤을 하듯 작은 두코를 서로 모았다.

그러나 팀시는 이를 참지 못한다. 팀시는 부드럽지만 시기에 찬 발걸음으로 그들을 뒤쫓는다. 그들은 재빨리 뛰어 나무숲 속으로 줄행랑을 친다. 그러나 팀시는 옆으로 높이 뛰어오른다. 팀시의 눈송이 같은 앞발은 다람쥐 하나를 나꿔챈다. 그녀는 잠시 동안 다람쥐를 내려다 본다. 다람쥐는 꿈틀대 본다. 그녀는 민첩하고도 자만스럽게 꽃같이 하얀 두 발을 그 위에 얹는다. 두 발을 쭉 고르게 뻗고 등을 둥글게 굽히고는 온 정신을 집중시키고 있기는 하지만 어딘지 변덕스럽게 응시를 한다. 다람쥐는 움직이지 않는다. 그녀는 가만히 다람쥐를 입에 문다. 다람쥐는 여인의 목도리처럼 다소곳이 대롱대롱 매달렸다. 그녀는 오만한 모습으로 땅에 발을 대는 듯 마는 듯 집으로 향해 떠난다.

그러나 그녀는 내쫓긴다. 그녀의 검투사적 과시 때문에 우리들은 그녀에게 거실 사용을 허락하지 않는다. 다람쥐가 팀시의 축제를 위해 도살돼야 한다면 그것은 밖에서 이루어져야 할 것이다. 팀시는 다소 실망은 했지만 그래도 거만한 발걸음으로 집 옆에 있는 진흙 오븐을 향해 발을 옮긴다.

그곳에서 그녀는 다람쥐를 가만히 내려놓는다. 그

리고 작은 뭉게구름처럼 부드럽게 작은 앞발을 다람쥐의 줄무늬 등에 얹는다. 다람쥐는 움직이지 않는다. 팀시는 엉겅퀴의 관모(冠毛)처럼 부드럽게 자기의 발을 조금 쳐들어 다람쥐를 풀어 놓는다.

다람쥐는 갑자기 탄력성 있는 몸짓으로 하얀 고양이의 발 밑을 빠져나가려고 한다. 팀시는 즉각 공중을 뛰었다가 내려앉으면서 강력한 앞발의 힘으로 다시 덮친다. 두 놈은 모두 꼼짝 않는다. 팀시는 다시 다람쥐를 입에 물고 집 안으로 빠져 들어갈 수 있는지를 살피기 위해 두리번거린다. 들어갈 수 없다. 하는 수 없이 장작더미를 향해 터벅터벅 걸어간다.

정말로 재미있는 게임이 벌어진다. 다람쥐는 장작더미 속으로 도망친다. 그녀는 장작더미 속을 가만히 정찰한다.

모든 동물 중에서 팀시가 가장 아름답고 가장 섬세하다는 것은 부정할 수 없다. 아름다운 것은 그의 몸이 그렇다는 것이 아니라 그녀의 뛰어난 생동감이 그렇다는 것이다. 그녀의 〈무한한 다양성〉 바꾸어 말하면 그녀에게는 부드럽고 눈송이 같은 경쾌성이 있는가 하면 융통성 없고 무서운 잔인성이 있는 것이다. 후자의 특성을 나는 전혀 인식하고 있지 못하다가 어느 날 침대에 누워 무의식적으로 발가락을 움직이고 있을 때 일어난 일이 있고서야 알게 되었다. 무심히 이불 밑에서 발가락을 흔들고 있자니까 갑자기 나의 발을 무섭게 내려치는 것이 있었다. 팀시가 어디선가 느닷없이 뛰어 들어가지고는 발가락이 움직이고 있는 이불을 맹렬히 공격한 것이다. 누군가가 앙심을 품고 정확하게 기습공격을 한 듯했다.

"팀시!"

팀시는 공허하고 음흉한 눈을 부릅뜨고 나를 노려보았다. 그것은 잔인성의 표현만도 아니었다. 그것은 묘하고 공허한 오만스러운 힘의 확장이었다. 그러한 힘이 그녀에게는 있다.

사실이지 생(生)이란 힘과 생동의 집단으로 순환한다. 모든 생의 집단은 어떤 하층권의 복종을 근거로 그 순환을 유지할 수 있을 뿐이다. 생의 하층권이 정복되지 않는 경우, 생의 고등권이란 존재할 수 없다.

본질적으로, 한 생물은 다른 생물을 잡아 먹게 마련이다. 이것은 모든 존재의 근본적인 일면이지, 결코 슬퍼하거나 개혁을 시도해야 할 아무것도 아니다. 살생을 거부하는 불교도야말로 참으로 우스운 사람들이다. 만일 그가 하루에 쌀 두 알만을 먹는다 하더라도 그것은 생명이 있는 두 개의 낟알이기 때문이다. 우리들은 창조를 하지 않았다. 우리들은 우주의 창조자가 아니다. 완전 창조란, 한 생명이 다른 생명을 삼켜 버린다는 사실에 근거를 두고 이룩

된다는 것을 우리가 인정한다면, 이것은 한 존재군(群)이 다른 존재군을 예속시킴으로써 존재할 수 있다는 것이 된다. 그렇다면 사실이 그렇지 않은 것처럼 꾸며서 이로울 것이 무엇인가? 해야 할 일은, 모든 존재군에 있어서 어떤 것이 고등층이고 어떤 것이 하급층인가를 인식하는 것이다.

고등층과 하급층이라는 것이 존재하지 않는다고 주장하는 것은 넌센스이다. 고사리보다는 민들레가 고등군에 속하고, 민들레보다는 개미가 고등 존재형에 속하고, 개미보다는 티티새가, 티티새보다는 고양이 팀시가, 그리고 팀시보다는 인간인 내가 고등 존재층에 속한다는 것을 우리는 잘 알고 있다.

그러면 고등(高等)이란 무슨 뜻인가? 철저하게 이야기해서, 더욱 생동한다는 뜻이다. 더욱 생생한 생동감을 말한다. 개미는 소나무보다 더한 생동감을 갖고 있다. 이를 논박해 봤자 아무 소용이 없다. 하기야 이것들은 서로 다른 면에서 생동하고 있기 때문에 비교할 수 없다고 말할 수는 있다. 이것은 역시 사실이다.

그러나 한 진리가 다른 진리를 바꾸어 놓을 수는 없는 노릇이다. 눈에 띄게 상충하는 진리들이라 하더라도 상호 대체는 할 수 없는 것이다. 논리는 너무나도 조잡하여 생이 요구하는 미묘한 구분을 하지 못한다.

사실이지 개미와 소나무를 철저하게 비교한다는 것은 쓸모없는 일이다. 하지만 존재에 관한 한, 이것들은 상호 비교도 할 수 있고 경우에 따라서는 상호 대치도 가능한 것이다. 그리고 경쟁에 이르르면 작은 개미라도 커다란 소나무의 생명을 뺏을 수도 있는 것이다.

존재군에 있어서 이것은 시련이다. 하등 형태의 존재로부터 고등 형태의 존재에 이르는 시련 문제는 결국 이웃 생물이 당신을 능가할 수 있는가 하는 것이다.

만일 이웃 생물이 능가할 수 있다면 그는 고등 존재군에 속하는 것이다. 이것은 적자생존 이면에 숨어 있는 진리이다. 모든 존재군은 하등 존재군을 압도함으로써 형성된다.

정말 문제가 되는 것은 적성이란 어디에 있는가 하는 것이다. 무엇을 위한 적성인가? 오직 생존하기에 적합한 것은 잔존하여 음식을 마련하든가 아니면 잔존 이상의 일을 할 수 있는, 다시 말하면 진정한 생활을 영위할 수 있는 고등 생체의 존속을 위해 어떤 방법으로 공헌하게 될 것이다. 녹색 고비나 종려나무의 생명력은 민들레에 있어서보다도 훨씬 생생하다.

나비보다도 뱀에 있는 생명력이 더욱 생동한다.

악어보다는 티티새에 있는 생명력이 더욱 생동한다.

타조보다는 고양이에 있는 생명력이 더욱 생생하다.

마차를 끄는 두 필의 말보다는 마차를 모는 멕시코인에게 있는 생명력이 더욱 생생하다. 나를 위해 마차를 모는 멕시코인에게서보다는 나에게 있는 생명력이 더욱 생동한다.

우리는 지금 존재의 관점에서 이야기하고 있는 것이다. 즉 종(種)이니 유(類)니 또는 형태니 하는 관점에서 말하는 것이다.

민들레는 땅에 부착할 수 있고 종려나무는 고사리에 의해 모퉁이로 옮겨진다.

뱀은 가장 격렬한 곤충이라도 잡아먹을 수 있다.

사나운 새는 아무리 커다란 파충동물이라도 파멸시킬 수 있다.

커다란 고양이는 아무리 커다란 새일지라도 파멸시킬 수 있다.

사람은 말을, 아니 모든 동물을 파멸시킬 수 있다.

어떤 민족은 다른 민족을 예속시켜 지배할 수 있다.

이 모든 것은 존재의 관점에서 한 말이다. 존재에 관한 한, 경쟁을 벌리고 있는 모든 다른 종족을 삼켜 버리거나 파괴하거나 예속시킬 수 있는 종족이 최고의 종족이 되는 것이다.

이것은 일종의 법칙이다. 이 법칙을 피할 도리는 없는 것이다. 이 법칙을 피하려는 사람이나 종족이 있다면 그는 제물이 되고 말 것이다. 다시 말하면 굴복을 하게 마련이다.

그러나 다시 강조하거니와 우리들은 지금 개체나 본질에 대하여 이야기하는 것이 아니라, 존재니 종(種)이니 형태니 민족이니 종족이니 하는 것에 대하여 이야기하고 있는 것이다. 녹색 대지에서 태양광선을 받고 깃을 곤두세운 만개한 민들레는 둘도 없이 특유한 꽃이다. 따라서 지상의 다른 것과 이 꽃을 비교한다는 것은 참으로 바보스러운 짓이다. 무엇과도 비교할 수 없는 유일무이한 생물이다.

하지만 그것은 4차원적 존재이다. 그것은 다른 곳에 있는 것이 아니라 4차원적 공간에 있는 것이다.

시공의 차원에 있어서 그 누구라도 이 노란 광반(光反) 식물을 밟을 수 있기 때문에, 밝으면 죽고 만다. 어느 소든 그것을 잘라 먹을 수도 있다. 어느 개미떼고 그것을 섬멸시킬 수도 있다.

이런 사실은 생의 냉혹한 법칙을 낳는다.

(1) 자신의 완전한 존재, 다시 말하면 자신의 살아 있는 자아(自我)에 도달한 생물이면 어떤 생물이고 둘도 없는 독특한 존재가 된다. 그것은 4차원의 세계에 자신의 자리를 갖고, 그 자리는 지고(至高)한 생존지이며 거기서 그 생물은 완전하게 되기 때문에

비교를 할 수 없게 된다.

(2) 동시에 모든 생물은 시공(時空)에 존재한다. 그리고 그것은 시공 속에서 다른 모든 존재와 관계를 맺으며 존재하기 때문에 결코 다른 존재와 동떨어질 수 없다. 그 존재물은 다른 존재물과 충돌을 하게 되고 침해를 받는다. 생존 경쟁에 있어서 어떤 종류의 타입이나 종족이나 생체가 결국에 가서 다른 종족을 파멸시킬 수 있다면 파멸을 시킨 종족이 파멸을 당한 쪽보다 더욱 생동적인 생존군이 되는 것이다. (개체가 아니라 종족의 생존을 뜻한다. 종족이 생존하는 것이다. 그러나 민들레라는 개체라도 존재적 특성을 갖는 것이다.)

(3) 생명력이라고 하는 힘, 생존경쟁에 있어서의 결정 인자인 힘은 역시 4차원에서 나오는 것이다.

바꾸어 말하면, 생명력의 궁극적 원천은 민들레가 피는 다른 차원에 존재한다. 그 차원이란, 사람들이 천공(天空)이라고 부르는 4차원을 말한다. 이 말은 그것이 시공(時空)이라는 관점으로 이해되어서는 안 된다는 것을 말하는 일종의 표현 방식일 뿐이다.

(4) 우리가 생존함에 있어서 생명력을 얻는 기초적인 방법은 우리 자신보다 하층에 있는 생물에게서 그 생명력을 흡수하는 것이다. 그렇게 얻은 생명력은 새롭고 보다 높은 생성(生成)으로 바뀐다. (흡수 방법은 여러 가지가 있겠으나 음식을 먹는 것도 한 가지

방법이고 사랑이 또 다른 방법인 경우도 종종 있다.) 가장 좋은 방법은 순수한 관계를 맺는 것이다. 이 관계에서 양자는 개성을 갖는다. 그리고 이 순수한 관계는 양자의 생명을 고취하면서 생명있는 유동(流動) 속에 전이(轉移)가 일어나게 한다.

(5) 모든 생물은 민들레처럼 전생물체(全生物體)인 태양과 순수한 관계를 만개(滿開)시키지 않고는 완전한 자아가 될 수 없다.

따라서 우리들은 무엇인가를 희생시키지 않고는 지금까지 헤어날 수 없었던 생존의 혼미 속에 처하게 된다.

희생은 쓸모없는 일이다.

존재의 실마리는 생명이다. 그러나 잎이나 뿌리가 없는 민들레가 있을 수 없듯이 존재없는 생명이 있을 수 없다.

플라톤은 그렇게 말했겠지만, 생명은 관념적인 것도 정신적인 것도 아니다. 생명은 초월적 존재 형식이다. 그리고 존재만큼이나 물질적이다. 물질만이 갑자기 4차원 속으로 들어갈 수 있다.

모든 존재는 양면성을 지니고 있다. 그리고 모든 존재는 생명의 완성을 향해 줄달음을 친다. 민들레가 작은 깃털을 휘저으며 날 때, 성령(聖靈)이 작은 원을 그리며 그 씨앗에 내려앉는다. 성령이란, 밝음과 어두움, 낮과 밤, 습기와 양기를 작은 실마리에

묶어 간직한 존재이다. 그 성령이 민들레의 씨앗 속
에 내려 앉는다.
　씨앗이 대지에 떨어진다. 그러면 성령은,
　"어서 오시오."
하면서 눈을 뜬다. 하늘에서는 햇빛이 내려오고 대
지에서는 습기와 어둠과 죽음이 올라온다. 이 모든
것들은 향연에나 초대받은 듯이 모여든다. 햇빛은
따뜻한 씨앗 속에 내려 앉고, 습기에 찬 죽음의 귀
환자는 주인을 사이에 두고 그 반대편에 자리를 잡
는다. 주인이 그들에게 말한다.
　"잘들 오셨소! 함께 즐겁게 지냅시다!"
　그러자 햇빛은 대단한 호기심에 차서 대지의 검은
얼굴을 쳐다보고, 어둡고 습기에 찬 대지의 손님은
어리둥절한 빛으로 태양에서 온 상대편의 밝은 얼굴
을 마주 쳐다본다. 주인이 말한다.
　"여러분들은 이제 고향에 오셨습니다! 둘 사이로
나를 치켜 올려줘요. 이젠 성령을 면하도록요. 성령
은 내가 밖을 내다보고 또 무희들과 춤추기를 간절
히 바라고 있으니까요."
　그래서 씨앗 속의 햇볕과 대지의 온기는 손에 손
을 마주잡고 웃으면서 춤을 추기 시작한다. 그들의
춤은 모닥불처럼 피어오른다. 그들의 발구름은 작은
시냇물의 흐름처럼 대지 속으로 스며든다. 씨앗 속
의 햇빛과 대지의 사환자(死還者)에서 불꽃 같은 녹

색 이파리들이 위로 치솟고 단단한 뿌리가 밑으로 뻗어 내린다. 주인은 웃으며 말한다.

"나는 이제 치솟누나! 더 열심히 춤을 추시오! 자네 둘은, 장사처럼 씨름을 벌려 주시오. 그대 아무도 승리를 얻을 수 없겠지만."

그러자 씨앗 속의 햇빛과 사환자는 점점 더 빨리 춤을 춘다. 녹색이 더욱 짙어가는 잎사귀는 용맹스럽게 모든 외계를 압도하면서 지상에서 원을 이루며 춤을 추기 시작한다. 대지의 기운은 씨앗 속의 햇빛과 씨름을 하는 동안 기다린 뿌리는 투사의 팔처럼 손을 뻗어 대지의 힘을 한 손에 잡고 모든 침입자를 무참하게 멸렬시킨다. 결국에는 두 가지의 요서가 이상한 정교(情交)에 빠진다. 그러고 나면 그 가운데에서 기다란 꽃줄기가 음경처럼 솟아나 봉오리를 맺는다. 꽃망울로부터 성령의 소리가 들린다.

"나는 이제 솟아났도다! 보라! 내가 여기에 있지 않은가!"

봉오리가 열린다. 그 세계의 한가운데 균형을 잡고 꽃이 피어난다. 그 밑에는 보호용 녹색 칼들이 둥글게 둘려져 있고 대지의 심부에는 문어 같은 뿌리가 수분을 빨아 올리며 위협을 가하고 있다. 이렇게 해서 민들레꽃이 된 성령은 주위를 둘러보며 말한다.

"보라! 나는 노랗다! 태양이 그의 몸을 빌려준 것

이다. 보라! 나는 쓰디쓴 금빛 피로 가득 차 있다! 습기 찬 흑색 대지의 죽음이 그의 피를 나에게 빌려 준 것이다. 나는 이제 화신이다! 나는 나의 화신을 좋아한다! 하지만 이것이 전부는 아니다. 나는 이 형체를 간직하리라. 그것이 좋겠다! 그러나 아아! 만일 내가 다른 형체를 이룰 수 있다면 그것이 더욱 훌륭하게 될지 누가 아는가! 이 형체는 양보해야 될 까 보다. 이 형체는 다른 형체를 만드는 데 도움을 줄 수 있다.”

그래서 성령은 자신의 실마리를 씨앗에 남겨 놓고 다른 화신을 찾아 비교적 혼탁한 우리의 우주 속을 다시 방황한다.

이것은 영원히 방황할 것이다. 인간은 아직까지도 반도 자라지 못한 상태에 있다. 인간은 꽃줄기마저 도 아직 나타나지 않았다. 인간은 싹이 나올 징조도 보이지 않은 채 온통 잎사귀와 뿌리로 가득 차 있 다. 봉오리가 터질 징후는 전혀 없다.

인간은 꽃봉오리를 맺든지 아니면 성령의 버림을 받든지 하게 될 것이다. 인간은 고대의 어룡(魚龍) 처럼 생성의 실패자로서 버림을 받을지도 모른다. 버림을 받는다는 것은 생동성을 잃는다는 뜻이다. 햇빛과 대지의 어두움은 인간 속에서 함께 내닫기를 정지할 것이다. 이미 정지를 시작하고 있다. 인간에 게 대하여 태양은 무력해지고 있고 대지는 불모(不

毛)해지고 있다. 인간 내부의 근원이 없기 때문이다. 인간은 속은 텅 비어있고 꽃과 씨앗이라고는 전혀 없는 살찐 양배추와 같다.

생동성이란, 생물이나 인간이나 국가나 또는 종족 안에 있는 성령의 근원에 달려 있다. 근원이 없어지면 생동성도 사라진다. 그리고 성령은 영원히 새 화신을 찾으면서 낡은 화신을 새 화신에 예속시킨다. 어떤 생물이나 종족이 하등 동물이나 종족을 굴복시켜 새 형체에 동화시킬 때 그 동물이나 종족은 성령의 활기를 유지할 수 있는 것이다.

꽃을 맺으려 지향하지 않고는, 생동할 수 있는 동물이나 종족은 있을 수 없다. 아직도 알려지지 않은 꽃을 피우려 움직이는 힘이야말로 가장 강력한 힘이다.

개화(開花)라는 것은 우주만물과 순수하고 새로운 관계를 수립하는 것이다. 이것은 하늘의 상태다. 그리고 봄의 꽃과 코브라 뱀과 암굴뚝새의 상태이고, 그리고 머리에는 태양을 이고 밑에는 대지의 정수를 디디고 서 있다는 것을 알고 있는 인간의 상태이다.

이것은 또한 제4차원의 세계로서 완전한 관계를 맺고 있는 사물의 신비로운 별체(別體)이다. 마치 시공을 빠져나와 어떤 핵으로 들어가나 하는 것처럼 모든 직선이 구부러져 들어가는 곳도 바로 이 완전한 관계 속이다.

그러나 개화를 향해 움직여가는 어떤 인간, 생체 또는 종족이라도 밑에 있는 생체에서 무한한 활력원을 취해야만 할 것이다. 그리고 모든 사물과 완전한 관계를 이룩하여야 할 것이다.

그러자면 항상 정복이 있게 마련이다. 하지만 정복의 목적은 새로운 꽃을 피우기 위해서 정복자와 피정복자 사이에 완전한 관계를 맺는 것이다. 자유란 허상이다. 희생이란 역시 허상이다. 그리고 전능도 허상이다. 자유, 희생, 전능이라는 것은 모두가 인간의 외도며 막다른 골목이며 허풍이다. 정말로 진실된 것은 새롭고 영감적인 지배이다. 다시 말하면 모든 사물과 새로운 관계이다.

천국이란 항상 거기에 있는 것이다. 성취된 새 생체는 절대로 상실되지 아니한다. 성취된 새 생체를 뒷받침하기 위해 증식이 영원히 계속되기 때문이다. 그러나 생체의 횃불은 계속 전수된다. 이 사실이 아주 중요한 것이다.

모든 생물체는 더 많은 생체를 증식시키고 싶어한다.

그러나 이보다도 더욱 중요한 것은, 모든 새 생체가 더욱 새로운 생체에 불을 붙이기 위해 그 횃불을 내밀고 있다는 사실이다. 마치 민들레가 나에게 햇빛을 내밀면서,

"이것을 가져갈 수 있어요?

하고 말하듯.

민들레꽃이나 녹색 딱정벌레와 같은 천국의 모든 빛은 듣지도 보지도 못한 새 빛줄기에 불을 붙이기 위해 묘하게 정열적으로 몸을 떤다. 이것은 자기 희생이 아니라 최고의 행복이 깃들어 있는 자기 공헌이다.

존재의 횃불은 증식 자궁 속에서 전수된다.

그리고 새 생체의 횃불은 모든 생물에 의하여 미생물에서 용감한 남자나 아름다운 여인에게, 환언하면 취하고 싶어 하는 사람이면 누구에게나 전수된다. 그 횃불을 취할 수 있는 사람은 그 누구보다도 강력한 힘을 갖고 있는 사람이다.

완전한 횃불의 불꽃을 유지하기 위해 증식의 주기가 어떤 종족에게나 존재한다. 어떤 횃불이란, 꽃이 만개한 때의 민들레이며, 잎이 무성한 때의 나무이며, 깃이 가장 찬란한 때의 코브라 뱀이며, 높이 뛰어다닐 때의 개구리이며, 무한한 욕망이 신비 속에 잠겨 있을 때의 여인이며, 힘이 넘칠 때의 남성이다. 이럴 때면 모든 생물은 순수한 자아가 된다.

증식의 한 주기는 아직 알려지지 아니한 또 다른 주기에 불을 붙이도록 촉구한다.

새 생체에서 불을 당기면, 생동감이 밀어닥치고 하층 존재들을 소모 내지는 완성하여 새로운 물체가 되고 싶은 욕구가 일어난다. 이 소모 내지는 완성은 두려움을 모르는 정복을 뜻한다. 새로운 불꽃에 대한 영예로운 항복, 다시 말하면 항복을 할 수밖에 없는 것을 디디고 서는 새로운 것의 영예로운 정복이 따르게 마련이다. 하등 존재인 말〔馬〕을 내가 정복할 수밖에 없는 것과 같다.

말들은 봉사하는 데서 안도감과 행복감을 갖는 것이다. 만일 내가 말을 산 속에 풀어 놓고 죽을 때까지 제멋대로 뛰게 만든다면, 진정한 행복의 스릴은 그들에게서 사라진다.

모든 하층 생물들은 다소간 고등 생물에 봉사하고 싶어한다. 그러다가도 정복을 당하게 되면 반발을 한다.

그것은 항상 정복이며 앞으로도 정복이 될 것이다. 만일 피정복자가 쇠퇴하는 늙은 종족이라면, 그들의 횃불을 정복자에게 전수하게 될 것이다. 그 정복자가 지나치게 경박한 경우 그는 자기 손만 대고 일을 망쳐 버릴 것이다. 그리고 만일 피정복자가 야만족이라면 그들은 정복자가 지켜보지 않는 경우 정복자의 불을 소멸시켜 불을 꺼지게 만들 것이다. 그러나 그것은 영원히 정복자와 피정복자 사이에 벌어지는 정복이다. 천국은 정복자들이 정복을 끝내고 나서도 그것을 영원히 수행해 나갈 수 있는 정복자들의 왕국이다.

완성된 관계, 즉 천국에 평화가 있다. 천국은 4

차원의 세계이다. 그러나 그곳에 도달하기 위해서는 어떤 과정이 있는데, 그것은 영원히 정복의 과정이다.

장미가 꽃을 피웠을 때, 식물 왕국은 위대한 정복을 완수한 것이다. 그러나 정복자 중의 정복자인 장미마저도 다음의 정복자인 모충과 나비에게 소용이 되어야만 했다. 장미는 정복자이자 다음 정복자의 피정복자가 되는 것이다. 동등이라는 것은 없다. 4차원인 천국에서는, 자신의 중심으로부터 샘솟아 우주와 완전한 관계를 수립하는 모든 사람은 정말로 완전한 것이지 비교가 불가능한 것이다.

그에게는 우자(優者)란 없다. 그는 비교가 불가능한 정복자이다.

자신의 완성을 위하여 투쟁을 벌리고 있는 사람은 누구나 열등 생체를 정복하여야 하고 그 지배권을 절대로 포기해서는 안 된다. 그리고 만일 자신의 완성보다도 더욱 새로운 완성을 향해 치닫는 사람들이 있다면, 그는 그들의 더욱 위대한 요구에 복종을 하고 그들의 더욱 묘한 신비에 봉사함으로써 정복과 충성으로 성취된 자기의 마음 속의 천국에 충실할 수 있는 것이다.

민들레나 나비처럼 자신의 생명을 성취한 사람이면 누구나 4차원이라고 부르고 또 옛 사람들은 천국이라고 부른 다른 차원 속으로 진입할 수 있을 것이다. 이것이 완성된 관계의 상태이다. 여기에서 사람은 영원히 평화를 향유할 수 있을 것이다. 시종의 관계에 있든, 아니면 지배의 관계에 있든 그는 생활의 과정에서 평화를 누릴 수 있는 것이다.

그러나 여기에 창조가 혼돈을 정복할 때, 영원히 존재해야 하고 또 영원히 확장되어야 하는 천국에 대한 충성이 수반된다. 따라서 나의 완성은, 보이지도 않고 생각할 수도 없고 자신의 능력 너머로 계속 놓여 있는 어떤 완성에 오직 봉사하게 되는 것이다.

우리는 천국 주위에 벽을 쌓으려고 애써 왔으나 그것은 아무 쓸모 없는 짓이다. 그것은 속이 썩고 있는 양배추에 불과하다.

우리의 최후의 벽은 돈이라는 황금 벽이다. 이것은 치명적인 벽이다. 무엇보다도 이것은 생명과 활력과 생동하는 태양과 움직이는 대지를 차단한다. 철저한 종교의 가장 광적인 도그마라도 돈만큼 우리를 생명과 영감의 물결로부터 차단시키지는 못할 것이다.

우리는 활성을 잃어가고 있다. 정말로 급속히 상실하고 있다. 우리가 영감의 횃불을 잡고 돈주머니를 버리지 않는다면, 돈없는 사람이 불꽃 중의 불꽃에서 불을 당겨 우리를 낡은 넝마처럼 불태워 버릴 것이다.

우리는 돈과 배금 사상 때문에 생동성을 상실해가

고 있다. 돈없는 사람 손의 횃불은 우리 집에 불을
지르고 불타는 우리 속의 양처럼 우리를 불태워 죽
일 것이다.

# 무관심

　나의 발코니는 호텔 동편에 있었다. 그 오른편에는 머리카락이 하얀 프랑스인 부부가 묵고 있었고, 왼쪽에는 역시 머리카락이 희고 체구가 자그마한 영국 부인 둘이 지내고 있었다. 우리들은 서로 나서기를 꺼려하고 있었다.

　아침에 내가 방 밖을 훔쳐볼 때 자줏빛 실크 실내복을 입은 뜸직한 프랑스 부인이 마치 아침을 훑어보는 다리 위의 장교처럼 서 있는 것이 보일라치면, 나는 그 여자의 눈에 띄기 전에 후다닥 다시 내 방으로 돌아왔다. 그리고 낮에라도 내가 나타날 때면 언제고 머리카락이 희고 체구가 작은 두 부인은 하얀 토끼들처럼 자기들 방으로 되돌아가곤 했다. 따라서 나는 문자 그대로 그들의 치맛자락만을 볼 수 있었을 뿐이다.

오늘 오후에는 날씨도 덥고 천둥도 치고 해서 나는 갑자기 일어나 맨발로 발코니에 나갔다. 나는 앉아서 세상을 곰곰히 관상하느라고 체구가 작은 두 여인들이 열린 문을 나와 기다란 두 의자 끝에 앉아 있는 것도 미처 보지 못했다. 날씨는 덥고 고요한 오후였다. 저 밑에 있는 호수는 유리알처럼 빛나고 산들은 다소 부루퉁해 있고 숲은 참으로 푸르고 주위는 고요하고 찬연한 가운데, 두 사나이가 가까운 언덕 밑에서 긴 낫으로 풀을 베고 있었다. 낫질하는 소리가 쉭쉭 들리고 있었다.

작은 두 여인은 나의 존재를 알아차린 모양이었다. 나의 옆에 있는 발코니 문에서 나와 긴 의자 끝에 앉아 있던 여인들의 덧신을 신은 두 발이 다소 동요하고 있는 것을 나는 인식했다. 한 사람의 발이 갑자기 사라졌다. 이어서 다른 두 발도 사라졌다. 그리고는 조용해졌다.

그러다가는 이것이 어찌된 일인가! 부자연스럽기는 하지만 미끄러지듯 머리카락이 희고 눈이 둥글고 푸른 작은 체구의 여인이 회색 실크 옷을 입고 갑자기 나타나서는 나를 똑바로 쳐다보면서 날씨가 참 좋다고 말을 붙여 왔다. 상냥함을 꾸미고는 있으나 내 생각에는 다소 냉랭한 어조였다.

그녀는 단정적이었다. 우리들은 풀을 베고 있는 사나이들에 대해서 이야기를 했다. 사람은 참으로 평범하게 낮의 긴 숨결을 듣나보다!

이제 우리들은 둘이서 대화를 나누게 되었다. 우리들은 버찌와 딸기에 대해서 그리고 풍성히 거두어들인 포도에 대해서 이야기했다. 그러다가는 어쩌다 대화가 이태리와 무솔리니에로 옮겨갔다.

내가 현재 있는 곳을 제대로 알기도 전에, 하얀 머리카락의 연인은 나의 발코니와 유리알 같은 호수와 베일에 가려 있는 산과 풀을 베는 두 사나이와 그리고 버찌나무로부터 나를 몰아내어 국제정치의 혼란 속으로 빠지게 만들었다.

나는 민들레처럼 나 자신의 줄기에 앉아 있도록 되어 있지 않았다. 작은 여인은 단숨에 나를 해외로 불러내 버렸다. 사실이지 나는 풀을 베는 두 사나이에 대하여 참으로 즐겁게 생각하고 있었다. 엷은 청색 면 바지를 입고 있는 한 젊은이는 다리가 길었고 까만 머리에 모자도 쓰지 않고 가볍게 낫을 아래로 휘두르고 있었고, 까만 바지를 입고 앞가슴이 건장한 다른 사람은 새 맥고모자를 쓰고는 다소 뻣뻣하게 뒤따르며 거칠게 낫질을 하고 있었다.

나는 묘하게도 대조적인 두 사나이의 운동을 눈여겨 보고 있었다. 연한 청색 바지를 입은 젊은이는 깡말랐고, 앞쪽이 툭 삐져나온 흑색의 낡은 바지를 입은 윗나이의 사람은 뚱뚱했다. 풀을 베는 노력의 양도 대조적이었다. 나이가 위인 사람에게는 우아감이 결핍돼 있었고 움칫움칫 전진하는 그의 모습도 특이했지만 머리에 쓴 새 맥고모자의 효과는 상쾌한 것만은 아니었다. 나는 작은 여인을 흥미롭게 만들려고 애를 썼다.

그러나 그녀에게는 아무 소용이 없었다. 풀베는 사람들, 산줄기, 버찌나무, 호수, 실존하는 주의의 모든 것에 대해서 관심을 두지 않았다. 이러한 모든 것들은 오히려 그녀를 놀라게 만들어서 발코니를 떠나게까지 만드는 성싶었다. 이러한 그녀는 질겁을 하기는커녕 자기 위치를 공고히 하고는 마치 괴물처럼 나를 잡아채가지고 진위(眞僞)와 정치와 파시즘 등등의 공허한 사막 속으로 몰아넣었다.

아무리 나쁜 괴물이라도 이보다도 더 고약하게 나를 대할 수는 없었을 것이다. 나는 진위나 정치나 파시즘이나 추상적인 자유 등속과 같은 것에는 관심이 없다. 나는 풀베는 사람들을 쳐다보면서, 젊은이의 여윔과 연푸른 면바지와 모자를 쓰지 않은 까만 머리와 낫자루를 유연하게 들어 올리는 운동들과는 대조적으로, 어찌하여 까만 바지를 입는 뚱뚱한 연장자는 새 맥고모자를 써야만 했고 유연성없이 뒤척뒤척 나아가며 낫자루를 거칠게 움직여 나의 기분에 맞지 않게 행동하고 있는가를 생각하고 싶었다.

현대인은 어찌하여 실제적으로 그들과 함께 존재하는 것들에 대하여 하나같이 무관심한가? 파란 눈의 이 여인이 영국을 떠나 산과 호수와 낫으로 풀을 베는 사람들과 버찌나무를 보고도 본 체 만 체하고 오히려 현재 함께 있지도 않은 무솔리니와 어디에서나 눈으로 볼 수 없는 파시즘에 눈길을 돌리는 이유는 무엇인가? 어찌하여 그녀는 자기가 현재 있는 곳에 만족하지 않는가? 그녀는 현재 갖고 있는 것에 행복감을 갖지 못하는 이유는 무엇인가? 그녀는 왜 걱정을 해야 하는가?

그녀의 푸른 눈이 왜 그리도 둥근지를 이제야 알았다. 그녀가 쓸데없는 데 걱정을 하기 때문이다. 그녀는 신비스러운 걱정거리로 괴로움을 겪고 있는 것이다. 자기와는 별 관계도 없는 세상만사에 대하여 그녀는 고민을 하고 있다. 멀리 떨어져 있어서 보이지도 않는 가상적 이탈리아인들이 까만 셔츠를 입는다고 그녀는 고통스럽게 고민을 하고 있지만, 낫질 소리가 눈앞에서 들리는 연장의 풀베는 사람이 연푸른 면바지가 아니라 까만 바지를 입고 있는 데에는 조금도 관심을 돌리지 아니한다. 만일 그녀가 발코니를 내려가 풀언덕을 오르며 뚱뚱한 사나이에게,

“왜 까만 바지를 입으셨습니까?”
라고 묻는다면, 나는,
“눈앞에 보이는 일에 관심을 갖는 참으로 귀여운 여인!”

이라고 말할 것이나, 그녀는 국제 정세로 나를 계속 괴롭히고 있기 때문에, '동떨어진 일에만 관심을 갖는 지리한 노파'라고밖에 말할 수 없다.

그러나 사람들은 갖가지 걱정거리에만 휩싸여 있다. 사람들은 파시즘이니 국제연합이니 또는 프랑스가 옳으니 안 옳으니 또는 결혼이 위협을 받고 있으니 하는 것들에만 지나치게 관심을 갖고 있기 때문에 현재의 자기들의 위치를 아예 간과하고 있는 것이다. 사람들은 확실히 현재 자기들이 처해 있는 곳에 살고 있지 않다. 사람들은 추상적인 공간, 정치니 원리니 진실이니 거짓이니 하는 것으로 공허하게 된 사막에 살고 있는 것이다. 사람들은 추상적이 되도록 운명지워져 있다. 그들과 대화를 나누는 것은 대수의 X라는 숫자와 관계를 맺으려는 것과 같다.

실생활과 추상적인 고민 사이에는 무서운 괴리가 있다. 그러면 실생활이란 무엇인가? 그것은 직접적인 접촉의 문제이다. 사실이지 나와, 호수와, 산과, 버찌나무와, 풀베는 사나이들과, 보이지는 않지만 지저귀는 참피나무 속의 방울새 사이에는 직접적이고 감각적인 접촉이 있었다. 그러나 이 모든 것들은 파시즘이라는 추상적인 단어의 치명적인 가위에 의하여 차단되고 말았다. 그리고 옆방의 노파는 여신(女神) 아트로포스가되어 오늘 오후 내 실생활의 실태래를 끊어 버리고 말았다. 그녀는 나의 머리를 참

수(斬首)하여 추상적 공간 속으로 내던졌다. 그러고도 우리들은 이웃을 사랑하게 되리라고 생각하다니!

생존의 문제라면, 우리는 본능과 직감을 통하여 산다. 본능은 지나치게 진지한 이 작은 여인으로부터 나를 벗어나게 만들어 참피나무의 꽃냄새를 맡게 만들고 시꺼먼 열매를 따게 만든다. 그런가 하면 오늘 오후, 호수의 신비스러운 반짝임, 산의 부루퉁함, 뇌성과 햇빛을 받고 있는 푸른 풀잎의 생생함, 그리고 짙은 햇볕 가운데에서 함께 땀을 흘리며 연푸른 바지의 청년이 낫으로 가볍게 풀을 튕기는 모습과 맥고모자의 사나이가 뻣뻣하게 낫질하는 모습, 이런 모든 것들을 내가 느낄 수 있게 만드는 것은 바로 직감이다.

# 개인주의(個人主義)

　모든 인류를 동질의 총체로 통합하려는 단일 이념은 이제 끝장이 났다. 우리의 커다란 희구는 개인이 자발적이고 유일한 자신이 되어 어떤 일이 있어도 어떤 총체의 단위체로 위축되어서는 안 된다는 것이다.

　우리는 이념과 희구를 구별하여야 한다. 희구란, 미지의 자발적인 정신 또는 자신의 내부로부터 나온다. 그러나 이념이란, 위로부터, 다시 말하면 지력으로부터 첨가되는 것이다. 이것은 마치 기계 제어처럼 고정되고 독단적인 것이다. 우리가 배워야 할 것은, 모든 고정 관념을 부수고, 정신 자체의 깊숙한 내부 욕구를 직접적이고 자발적으로 자각하게 하는 것이다. 그러나 이러한 교훈을 익히기 위해서는 아주 긴 시간이 걸릴 것이다. 우리의 생명은 중심적 신비로부터 한정할 수 없는 실재 속으로의 헤아릴 수 없는 유입(流入)에 달려 있다. 이런 이야기는 그 자체가 추상적인 것처럼 들릴지도 모르지만 실은 그렇지 않다. 여기에는 오히려 추상성이란 전혀 없다. 중심적 신비에는 일반화된 추상이 전혀 없다. 이것은 인간 내부의 원초적 정신 또는 자신이다. 그리고 실재란, 헤아리기 어려운 만큼 깊은 것도 전혀 아니다. 반대로 이것은 우리 앞에 있는 실제의 인간이다. 우리 앞의 실제 인간이 이해할 수 없고 구체화되어 있으며 또 해명할 수 없는 신비라는 사실을 어떤 사회 조직이라도 그 근거로 삼아야 할 진리이다. 이것은 단일성과 구분되는 내적 별개성이다.

인간 자신은 유일 무이하고 그 무엇과도 바꿀 수 없는 독특한 존재이다. 이것이 그 첫째가는 실체이다. 인간 자신은 독특하기 때문에 그 무엇과도 비교될 수 없다. 인간은 창조의 유일한 원천이기 때문에, 이런 사실은 의심할 나위가 없다. 이것은 다른 자아와, 다른 원천과 비교될 수 없다. 왜냐하면 그 원초적 또는 창조적 실체는 어떤 다른 자아에 의하여도 결코 이해될 수 없기 때문이다.

생존하는 자아는 마치 나무가 만개(滿開)하거나 또는 새가 봄에 아름답게 되거나, 호랑이가 윤기나듯 그 자신의 활기찬 생명체로 발돋음하려는 유일한 목적을 갖고 있다.

그러나 완숙하고 자발적인 생명체가 된다는 것은 무엇보다도 가장 어려운 일이다. 인간의 본성은 자발적인 창조력과 기계적 물질적 활동 사이에 균형을 잡고 있다. 자발적인 생명은 어느 법칙에도 순종하지 않으나 기계적 물질적 세계의 모든 법칙에 순응한다. 인간은 거의 자기의 반을 물질적 세계에 몸담고 있다. 그러나 그의 자발적 본성은 다소 우위를 차지하고 있다.

인간이 자신의 자아에로 향할 때 의지해야 하는 유일한 것은 그의 욕구와 충동이다. 그러나 욕구와 충동은 둘 다 기계적 자동화로 타락하는 경향을 갖고 있다. 다시 말하면 자연발생적인 실체는 사멸되었거나 물질적인 실체로 추락할 가능성을 안고 있다. 타락은 두 가지 형태로 가능하다. 욕구는 자동화하여 기능적 욕망으로 빠지는 경향이 있고 충동은 자동화하여 고정된 야망이나 이상에로 흐르는 경향이 있다. 이 두 가지가 인간의 커다란 유혹이다.

전체의 인간 의지가 첫번째의 유혹에 빠지는 경우, 그 의지는 어떤 물질적 활동에 근거를 두고 선회하다가는 마치 정신적 인식에서의 고정관념처럼 전 생체를 움직이게 된다. 이 자동화된 지배적 욕망을 우리는 탐욕이라고 일컫는다. 권세욕, 소비욕, 자기 희생과의 병합욕 등이 그것이다. 둘째번의 커다란 유혹은 마음 속에 고정된 중심점을 세워 놓고 전체 정신을 이 중심점에 축을 두고 돌아가게 만들려는 성향이다. 우리는 이것을 이상주의라고 부른다. 의지가 어떤 선정적인 활동에 고정되려는데 반하여 이것은 어떤 야심적인 활동에 고정되어 이념이나 이상에 근거를 두고 활동을 회전시킨다. 전체 정신은 야심적인 힘에 따라 흐르다가 기계가 그러하듯 이상을 기본으로 삼아 자동적으로 회전한다.

이런 것이 인간을 자발적이고 유일하고 순수한 존재에서 소위 자아의 물질화 또는 자동화, 또는 기계화로 타락시키는 두 가지 커다란 유혹이다. 모든 교육은 이런 타락을 방지하는 데 힘을 기울여야 할 것이며, 우리들은 영혼이 자유스럽고 자발적인 것이 되도록 온 노력을 경주해야 할 것이다. 인간의 영혼은 어떤 운동이나 감정에 종속되어서는 결코 안 될 것이며, 생명의 활동이 고정 활동으로 퇴보하는 일은 결코 있어서는 안 된다. 고정 방향이란 절대로 있을 수 없다.

인생에 대한 이상적 목적은 있을 수 없다. 이상적 목적은 어떤 것이고 간에 기계화, 물질주의 또는 무(無)를 뜻한다. 어떤 꽃이 필까를 보기 위해 새싹을 까 보아서는 안 된다. 잎사귀가 자라고 봉오리가 부풀어 벌어지고 나서야 꽃이 피었다고 한다. 그런 연후에도 꽃이 언제 지고 잎이 언제 떨어질지를 우리는 모르게 되어 있다. 잎사귀가 더 돋고 꽃봉오리가 더 맺히고 꽃이 더 많이 필지도 모른다. 개화 (開花)란 창조적 미지의 세계를 전개하는 것이다. 피지 않은 꽃을 예견한다는 것은 전혀 불가능한 일이다. 이미 핀 꽃으로 미루어 피지 않은 꽃을 앞질러 생각할 수는 없다. 우리가 오늘의 꽃은 알 수 있지만, 내일의 꽃은 우리의 한계를 훨씬 넘어 있다. 오직 물질 세계에서만이 예견이나 예지(豫知)나 계산이나 법칙을 세우는 일이 가능하다.

따라서 새 민주주의라는 제일차적 용어의 이해가 어느 정도 가능한 것이다. 즉 우리는 인간의 장래에 대한 것을 다소 이해하게 된다.

다음으로, 인간은 그 이웃에 대하여 어떤 존재가 될 것인가? 인간 개개인은 본래 대체(代替)가 불가능한 유일한 존재, 즉 다른 어떤 사람을 기준으로 해서도 추정되거나 한정될 수 없는 존재이기 때문에, 수학적 대비가 성립될 수 없다. 모든 인간은 동등하다고 말할 수 없으며 A와 B는 같다고도 말할 수 없다. 또한 인간은 동등하지 않다고도 말할 수 없다. B와 C를 합치면 A가 된다고 단언할 수도 없을 것이다.

모든 것이 본래 독특한 이상 비교란 전혀 성립될 수 없다. 한 인간은 다른 인간과 동등하지도 않고 그렇다고 동등하지 않은 것도 아니다. 순수한 자아인 내가 다른 사람 앞에 서 있을 때, 나는 동등이라든가 열등이라든가 우월이라든가 하는 것을 인식하는가? 나는 인식하지 아니한다. 진정한 의미의 나 자신이 그 자신이 되고 있는 어떤 사람과 함께 서 있을 때, 나는 오직 별개성의 신비로운 존재를 인식할 뿐이다. 내가 있고 또 다른 생명체가 있을 뿐이다. 이것이 실체의 제일면이다. 비교도 추정도 불가능하다. 존재하는 별개성의 신비로운 인식만이 있을 뿐이다. 다른 사람의 존재 때문에 나는 기쁘거나 불쾌하거나 슬플 수도 있다. 하지만 비교란 전혀 개입될 수 없다. 우리들 중의 한 사람이 자신의 절대적인 생명에서 떠나 기계적인 물질세계에로 들어갈 때에만이 비교가 개입한다. 그런 경우 동등과 차등이 동시에 시작된다.

　여기에서 우리는 민주주의의 위대한 첫 목표를 이해하게 된다. 그 목표란, 모든 인간은 자발적으로 자기 자신이 되어야 한다는 것―동등이니 또 차등이니 하는 문제를 전혀 배제하고 모든 남녀가 자기 자신이 되는 것이며, 그 누구도 남녀를 막론하고 다른 사람의 생명적 존재를 좌지우지하려 해서는 안 된다는 것이다.

　그러나 모든 개체를 기다리고 있는 유혹―자신의 생명으로부터 자동화와 기계화 속으로 추락시키려는 유혹 때문에 타락을 했거나 자신의 생명을 떠난 사람들에 의하여 강요되는 기계화와 물질주의에 대항하여 자신의 생명적 존재를 방어하기 위해 누구나 항상 준비를 갖추어야 한다. 이것은 끝이 없는 장기전이다. 이것은 타락한 사람들이 강요하는 기계화와 물질주의에 대항하여 사람 자신이 갖고 있는 자발적 생명의 자유를 지키려는 전투이다.

앞서의 모든 이야기는 인간의 필수불가결하고 완전한 본질에 관한 것이다. 만일 인간이 계속 완전할 수만 있다면, 모든 것이 그렇게 될 수 있을 것이다. 법률도 체제도 필요없을 것이다. 자발적으로 모든 합의가 이루어질 것이다. 협약이 이루어진 사회적 활동마저도 본질적으로 자발적이 될 것이다.

그러나 이루 표현할 수 없는 현재의 미개상태에 있어서, 인간은 자신의 자발적인 무결성과 그의 기계적인 욕망을 구별할 능력을 갖고 있지 않다. 따라서 아직도 법률이니 체제니 하는 것이 있어야만 하는 이유가 그것이다. 우리가 직시하고 또 잊어서는 안 될 일이지만, 법률이나 체제라는 것은 유독 물질세계에만 관계가 있는 것이다. 환언하면 재산, 재산소유, 생활의 수단, 그리고 인간의 물질적 기계적 본성과 관계가 있다.

틀림없이 과거에는 형제애와 동질성, 동등성과 같은 위대한 이념이 있었다. 많은 사람들이 파당을 지어 자신들의 동질성과 동등성, 자신들에게만 맞는 태도로 공동 목표를 표시하면서 독특한 형제애에 집착하려 했다. 왜냐하면 동등성이나 동질성과 같은 수리적인 이념이 제아무리 완벽하다 하더라도, 거기에는 천차만별하고 반대되는 의미가 있음을 알게 되기 때문이다. 따라서 독일에 있어서의 동일성은 프랑스에 있어서의 형제애와 동일성과 전혀 같은 의미가 아니었다. 하지만 제 나름대로 동포애와 동일성이 있었다. 사람들은 똑같은 이념을 수행해 나갈 때, 다른 방법으로 수행해 나갔다. 늘 달랐기 때문에 결국에는 생명의 자발적인 순수성이 붕괴되는 정도까지 치솟았다. 그러고 나서 독특한 자동화나 물질주의가 들어오자, 사람은 자동적으로 돌아가게 되었고 다양한 사람들이 공동의 기계적 조화 속으로 추락해 버렸다.

이러한 현상을 우리는 미국에서 본다. 완전한 기계적 화합에 소용이 된 것은 동질적이고 자발적인 응결이 아니라 분해된 부정성(否定性)이다.

이제 인간은 그들의 이상을 더욱 더 완성하는 경우 인간 생명의 순수성을 괴멸시키고 완전한 기계적 물질주의로 타락하게 되는 한계점에 도달했다. 인간은 기계 법칙에 의하여 전적으로 좌우되는 자동 단위체가 되었다.

이것은 현대 민주주의에도 해당된다. 사회주의, 보수주의, 볼셰비즘, 자유주의, 공화주의, 공산주의 모두에게도 마찬가지이다. 모든 〈주의〉를 지배하는

원리는 똑같다. 즉 이상화된 단위체인 재산 소유권자의 원리이다. 사실이지 모든 사람들은 입을 모아,
 “인간은 재산 소유권자로서 가장 높은 실현성을 갖고 있다”
라고 말한다. 인간의 반수는 무지한 대중이 대부분을 차지하고 있기 때문에 그들이 재산을 소유해야 한다고 말하고, 또 다른 반수는 지식층이 교화되었으므로 그들이 재산을 소유해야 된다고 말한다. 여기에는 그 이상의 아무 의미도 없다. 여기에 대하여 글을 쓸 필요도 없다.

이것은 모든 이상의 끝장이다. 이것은 평등이니 동포애니 동일성이니 하는 이념의 마지막 단계이다. 모든 이상은 드디어 자체의 본질적 실체인 철저한 물질주의로 서서히 와 닿은 것이다.

이제는 누가 재산을 갖느냐 하는 것은 문제가 안 된다. 사람들은 재산으로 인해 자신의 모든 생명을 잃고 말았다. 실체 중에서 가장 중요한 것인 재산마저도, 일단 인간이 자신의 완전한 본성을 잃고 나자 거품처럼 사라졌다. 이런 사실은 참으로 기이한 일이나 부정할 수 없는 사실이다. 재산은 지금도 급속히 사라지고 있다.

바로 여기에 희망이 있다. 왜냐하면 재산과 함께 마지막 이상도 물거품처럼 사라지기 때문이다. 언젠가는 인간은 각성을 하고 재물이란 소유하기 위해서

가 아니라 사용하기 위해서 있을 뿐이라는 것을 깨닫게 될 것이다. 그리고 또 소유란 일종의 정신적 질환이며 자발적인 자아에 절망적 부담을 안겨 주는 것이라는 것을 인식할 것이다. 〈나의〉 또는 〈우리들의〉와 같은 대명사는 그 신비스러운 마력을 잃게 될 것이다.

사람들의 재물욕이 종식되기 전까지는 재산의 문제는 결코 해결되지 않을 것이다. 재물욕이 종식되고나서야 그 문제는 자연히 해소될 것이다. 인간은 자신의 완성에 도움이 될 정도의 자산만을 필요로 한다. 오직 소유하기 위해서나 타기 위해서 자동차를 바라는 사람은 자동차 그 자체만큼이나 절망적인 자동인형에 불과하다.

인간이 자신의 품위있는 자아가 될 때 우리는 손쉽게 물질 세계를 정리할 수 있다. 정돈은 사전 지시에 의해서가 아니라 자발적으로 이루어질 것이다. 이럴 때가 오기 전에 정비가 어떠니 하고 이야기해 보았자 무슨 소용이 있겠는가? 개인이든 단체든 또는 국가단위든 재산소유에 관한 토론이나 이상화는 지금 현재 자발적인 자아의 치명적인 배반 이외에 아무것도 아니다. 재물문제는, 자신을 이질적 소유 부담에서 해방시키고 벌거벗고 가볍게 걷고 싶어하는 인간 내부의 새로운 충동에서 자발적으로 해결되어야 한다. 새로운 물질 세계를 미리 설정하려는 어떠한 시도를 한다 해도, 그것은 이미 수많은 허리를 휘게 만든 부담에 또 다른 부담을 안겨주는 것이 될 것이다. 우리의 허리가 부러지지 않게 하기 위해서 우리는 모든 자산을 땅에 내려놓고 자유롭게 걷는 방법을 배워야 할 것이다. 우리들은 비켜서야 한다. 모든 사람이 물질세계에서 끼어들지 않을 때 우리들은 새로운 세계에 접어들 수 있다. 그렇게 되면 인간의 신세계가 실현된다. 이것이 새 질서의 민주주의이다.

# 나의 고향 이스트우드

나는 약 44년 전에 인구 3천명쯤 되는 이스트우드라는 광촌(鑛村)에서 태어났다. 이스트우드는 노팅엄에서 13km 그리고 노팅엄과 더비 주를 갈라놓는 에레워 시 개울에서 1.6km쯤 떨어져 있었다.

구릉진 이 마을은 서쪽으로는 100km 떨어져 있는 크리치와 맷로크를 향하고 동북쪽으로는 맨스필드와 셔우드 수림(樹林)을 향하고 있었다. 노팅엄의 빨간 사암(砂巖)과 떡갈나무, 그리고 더비 주의 찬 석회암과 물푸레나무와 석담 사이에 끼어 있는 이 고장은 참으로 아름답게 보였으며 지금도 그렇다. 내가 어렸을 때만 해도, 이곳은 숲이 우거진 농경지였다. 자동차라고는 하나도 없었으며, 어떤 의미에서는 탄광은 풍경의 파격이라고 할 수 있었다. 전설적인 의적(義賊) 로빈훗과 그 일당들이 그리 멀지 않은 곳에 있는 성싶었다.

내가 태어나기 60여 년 전에 탄광들이 줄줄이 생기기 시작했으며 그 결과로 이스트우드가 생겼다. 19세기초만 해도 초가집들과 18세기 이래 갱부들이 쓰던 네 개의 방이 딸린 집들이 드문드문 서 있던 작은 마을이었음이 틀림없다.

산허리에 출입구가 있는 광산에서는 갱부들이 걸어 들어갔다가 걸어 나왔지만 권양기(卷陽機) 탄광에서는 갱부들이 한 번에 한 사람씩 두레박에 실려 당나귀에 의하여 감아 올려졌다. 우리 아버지께서 소년이었을 때만 해도 권양기 탄광이 있었다. 내가 어렸을 때에도 그런 탄광의 굴대를 볼 수 있었다.

그러나 1820년경 탄광회사는 그리 깊이는 아니지만 그래도 커다란 굴대를 땅 속에 처음으로 박고 명실공히 산업탄광의 기계를 설치했다. 그때 재단사의 훈련을 받은 나의 조부가 젊은 나이에 남부지방에서 이곳으로 집을 옮겨 브리슬리 탄광회사 재단사의 직업을 얻었다. 그 당시에는 회사가 갱부들에게 두꺼운 플란넬 내의와 플란넬로 윗단을 박은 몰스킨 바지를 지급했다. 내가 어렸을 때 조부님 가게 모퉁이에 거친 플란넬 말이가 쌓여 있었고 갱부들의 바지를 만드는 묘한 재봉틀이 있었던 기억이 난다. 그러나 내가 조금 컸을 때에 회사는 갱부들에게 갱의 지급을 중지했다.

나의 조부께서는 탄광 가까이에 있는 올드 브리슬리의 시냇가 돌산의 고가(古家)에 안주했다.  1.6km쯤 떨어진 이스트우드 언덕 위에 회사는 갱부들의 주거지를 지었다.

약 1백년 전의 일이었다. 이제 이스트우드는 언덕 위에 아름다운 보금자리를 이룬 셈이었다. 더비 주 쪽으로 가파른 경사가 져 있었고 노팅엄 쪽으로는 완만한 경사가 흘러 내려 있었다. 구색을 제대로 갖추지는 못했지만 그런대로 훌륭하고 의젓한 새 교회가 세워져서 무시무시한 에레워쉬 계곡을 가로질러 저 너머 언덕에 역시 의젓하게 서 있는 히노 교회를 마주보고 서 있었다. 얼마나 다행스러운 일인가! 이 탄광촌은 아름다운 이탈리아의 언덕 마을처럼 멋있고 매혹적인 마을이 되었을 것이다. 그러나 이 무슨 일인가?

옛 갱부들이 살던 아담한 집들은 거의 모두가 헐리고 노팅엄 가(街)를 따라 멍청해 보이는 작은 가게들이 생기기 시작했고, 회사는 북쪽 경사지에 지금도 〈새 건물군〉이나 〈단지〉로 알려진 건물을 세웠다. 이 새 건물군은 거치른 경사지에 자리 잡은 두 개의 주택단지로 구성되어 있었는데 그 단지는 넓고 공허해 보였다. 거기에 세워진 집들의 전면은 을씨년스러운 거리를 향하고 있었고, 후면은 밑으로 경사진 단단하고 울퉁불퉁하며 까만 흙으로 된 사막

같은 광장을 내려다보고 있었다. 그리고 후면 쪽으로는 낮은 벽돌담이 둘러져 있었고 변소와 쓰레기통이 있었다. 그리고 그 모퉁이에는 출입구가 몇 개 있었다. 넓은 이 단지는 빨랫줄대와 지나가는 사람들과 단단한 땅 위에서 노는 어린아이들을 제외하고는 참으로 황량하기 짝이 없었다. 그리고 이 단지는 이상스럽게도 병사(兵舍)처럼 둘러싸여져 있었다.

50년 전만 해도 이 단지는 인기가 없었다. 단지에 산다는 것은 저속한 일이었다. 그러나 브리치태지에 사는 것은 그래도 덜 천한 일이었다. 이 브리치는 회사가 계곡 밑에 세운 거주지로 그럴 듯한 여섯 동(棟)으로 되어 있었는데 세 동씩 두 줄로 늘어서 있었고 그 가운데에는 통로가 있었다. 그리고 다킨스로우 거주지에 산다는 것은 제일 천한 일이었다. 다킨스는 네 개의 방이 딸린 낡은 거주지로서 스퀘어 단지로부터 그리 멀리 떨어지지 않은 언덕 위에 서 있었다.

마을은 이렇게 커갔다. 단지 사이에 있는 경사진 거리 스카길 가(街) 밑에 웨슬리언스 예배당이 세워졌다. 나는 그 조금 위쪽에 있는 작은 모서리 가게에서 태어났다. 스퀘어 단지 건너편에, 갱부 자신들이 곡간같이 커다란 원시 메소디스트파 예배당을 세웠다. 언덕 위를 따라 노티엄 가(街)가 뻗어 있었고, 그 주위에는 엉성하고 볼꼴사나운 빅토리아조

중기풍의 가게가 늘어섰다. 더비 주 쪽의 마을 끝에는 전망이 좋은 작은 시장이 있고 그 다음은 미개지로 그대로 남아 있었다. 시장 끝 한 쪽에는 약방이 하나 있었고 맞은편에는 〈태양 주점(酒店)〉과 겉이 번지르르한 방앗간이 있었다. 또 알프레튼 가와 노팅엄 가 모서리에는 가게 하나가 있었다.

나는 옛 영국과 새 영국이 이상하게 뒤죽박죽되어 있는 것을 인식하게 되었다. 기억에도 새롭지만, 지방 투기업자들이 들녘을 가로질러 제멋대로 집들을 즐비하게 짓기 시작했다. 시꺼먼 경사 지붕에 앞을 민듯하게 만든 보기 흉한 빨간 벽돌 주택이었다. 그러니까 퇴창 주택 시기가 바로 내가 어렸을 때 시작된 것이다. 그러나 고향의 대부분은 그런대로 손상되지 않고 있었다.

여러 가구(街區)에 들어 서 있는 회사 주택은 3, 4백은 족히 되었으며 그 주위를 마치 커다란 바라크 담처럼 가로(街路)가 둘러싸고 있었다. 브리치 구(區)만 해도 60내지는 80개 회사 주택이 있었다. 오래된 다킨스 지역에도 30내지는 40개의 작은 숙소가 들어설 것이다. 샛길을 따라 있거나 노팅엄 가(街) 가운데 정원을 그래로 갖고 남아 있는 고옥들을 계산에 넣을 때, 주민들이 살 집은 충분해서 더 이상의 빌딩을 지을 필요가 없었다. 따라서 내가 꽤 컸을 때에는 건축이 더 이상 진행되지 않았다.

우리는 브리치 구(區)의 모퉁이 집에 살았다. 들길 하나가 커다란 장미덩굴 밑으로 뚫려 있었다.

그 반대편에는 시내가 흐르고 있었는데, 거기에는 목장으로 향하는 양피(羊皮)다리가 놓여 있었다. 시냇가의 장미덩굴은 큰 나무만큼이나 높이 자라 있었다. 물이 세차게 흐르는 물방아 둑 바로 밑에 있는 웅덩이에서 우리들은 목욕을 했다. 그리고 양도 거기에서 씻겼다. 내가 어렸을 때까지만 해도 지방곡물을 이 물방앗간에서 찧었다. 그리고 나의 아버지는 그때 브리슬리 탄광에서 일을 하고 있었다. 그분은 4시가 아니면 5시에 반드시 일어나서는 동틀녘에 코니 그레이 들녘을 가로질러 무성한 풀 사이에서 송이버섯을 따오거나 아니면 재빨리 도망치는 토끼를 잡아 갱부 옷 속에 넣고는 저녁에 집으로 돌아오곤 했다.

따라서 우리의 생활은 산업주의와 셰익스피어니 밀튼이니 필딩이니 조지 엘리어트니하는 사람들의 옛 농경 시대 사이의 묘한 가교적 생활이었다. 언어도 두드러진 더비 방언을 사용했다. 따라서 〈그대〉나 또는 〈그대를〉하는 말을 썼다.

사람들은 거의 본능에 따라 살아갔다. 부친 시대의 사람들은 제대로 글을 읽지 못했다. 그리고 탄광은 사람들을 기계화시키지 못했다. 오히려 그 반대였다. 규정에 따라 갱부들은 친숙한 공동체로서 일을 했기 때문에 그들은 묘한 친숙감을 가지고 서로를 적나라하게 알고 있었다. 그리고 갱내의 어두움과 지하의 소원감과 생존하는 위험성으로 말미암아 사람들 사이에 육체적·본능적 그리고 직감적인 밀착감이 고조되었다. 그 밀착감이란 진실되고 강력했을 뿐만 아니라 접촉만큼이나 친밀한 것이었다. 갱내에서의 육체적 인식 그리고 친숙한 동체(同體)성은 가장 강력한 것이었다. 갱부들은 태양이 비치는 밖으로 나오면 눈을 깜박거렸다. 그들은 어느 정도 자신들의 혈관 유통을 변화시켜 놓았던 것이다. 하지만, 그들은 지상으로 나올 때 탄광의 묘하고 어두운 친밀감, 적나라한 밀착감을 갖고 나왔다.

내가 어린 시절을 되돌아볼 때 석탄의 광택처럼 빛나는, 일종의 내적 어두움 속에서 우리가 움직이고 또 그 속에 자신들의 진실한 생명을 갖고 있었던 것 같다.

나의 아버지는 탄광을 사랑했다. 그는 여러 번 심한 부상을 입은 적이 있었지만, 아버지는 그곳을 결코 떠나지 않았다. 전쟁에 참가한 군인들이 어두운 시대의 강렬한 남성적 전우애를 사랑하듯, 아버지는 그 밀착감을 사랑했다. 그들은 자기네들이 잃은 것을 모르면서 무엇인가를 잃어가고 있었다. 나는 오늘날의 젊은 갱부도 마찬가지라고 나는 생각한다.

갱부들은 미적 본능을 갖고 있었다. 그러나 갱부

들의 아내들에게는 그런 본능이 없었다. 갱부들은 본능적으로 생동했다. 하지만 대낮의 야망이나 지력은 전혀 갖고 있지 않았다. 사실이지 그들은 인생의 이성적인 면을 피했다. 그들은 인생을 본능적이고 직감적으로 받아들이고 싶어했다. 그리고 임금에 대해서 크게 우려하지 않았다. 따라서 월급봉투에 대해서 잔소리를 하는 사람은 자연히 그들의 아내였다. 기껏해야 햇빛을 몇 시간밖에 보지 못하고 더구나 겨울에는 전혀 햇빛을 보지 못하는 광부들과 남편들이 갱 속에 있는 동안 하루종일 햇빛을 독차지하는 부인들 간에는 커다란 차이가 있었다.

남자를 불쌍히 여기는 것은 커다란 오류이다. 선동자들과 감상주의자들이 교사할 때까지도, 남자는 꿈에도 자신을 불쌍하게 생각지 않았다. 남자는 행복했다. 행복 이상으로 자기 실현을 이루었다. 그는 자기 표현의 입장에서가 아니라 수동적인 면에서 자기 실현을 했다. 갱부는 동료들과의 밀착감을 계속하기 위하여 술집으로 가서 술을 마셨다. 그들은 끝없이 대화를 나누었다. 사실에 대한 이야기보다는 정치에서라도 놀라운 일에 대한 이야기였다. 그들은 아내라든가 또는 돈의 탈을 쓴 경직한 사실이라든가 또는 가정 필수품에 대해 아내가 하는 잔소리를 피해 집을 나와 술집으로 향했고 탄광 속으로 달아났다.

광부는 물질에 대해 잔소리하는 아내를 피해 가능하면 빨리 집을 빠져나갔다. 여자들이란 늘 그러했다. 오늘날에는 사람들이 손을 써서 잔소리가 없어졌는가! 그렇지도 않은 모양이다. 우리는 이것저것 갖고 싶은 것도 많다. 돈은 어디서 나오는가? 갱부들은 이것을 알지도 못했고 큰 걱정도 하지 않았다. 그들의 생활은 달랐다. 그래서 그들은 도망을 다녔다.

그들은 개를 끌고 시골을 뒤지면서 토끼와 알둥지와 송이버섯 등을 찾았다. 그들은 무분별한 감정으로 시골을 좋아했다. 아니면 발꿈치를 괴고 앉아서 무엇을 쳐다보든지 또는 멍하니 앉아 있기를 좋아했다. 그는 지적인 것에 흥미를 느끼지 못했다. 그들의 생활은 사실에 있는 것이 아니라 흐름에 있었다. 드문 일이지만 그들은 정원을 좋아했고 아름다운 꽃을 참으로 사랑했다. 나는 광부들의 이런 면을 잘 알고 있다.

요사이는 꽃을 사랑하는 일이 잘못 되어가고 있다. 대부분의 여성들은 꽃을 소유물로서 또는 장식용으로 좋아한다. 그들은 꽃을 즐기며 감상할 줄 몰라서 잠시 감탄하다가는 지나쳐 버린다. 만일 관심을 끄는 꽃을 본다고 하더라도 그들은 그 꽃을 꺾어 소유물로 만든다. 하나의 소유물일 뿐이다! 자신에게 첨가된 그 무엇일 뿐이다! 오늘날 꽃을 사랑한다는 것은 대개 소유심이나 이기주의에서 나온 그런 정도이다. 내가 소유하게 된 그 무엇, 나를 장식해 주는 그 무엇일 뿐이다. 그러나 많은 광부들이 미의 존재를 참으로 인식하는 깊은 명상에 싸여 뒤뜰에 서서 꽃을 내려다보고 있는 것을 나는 보아왔다. 이 것은 감탄도 즐거움도 기쁨도 또는 소유욕에 뿌리를 박은 그 무엇도 아니었으리라. 이것은 원초적 예술성을 나타내는 일종의 명상이었으리라.

영국의 진실한 비극은 추악의 비극이다. 영국의 자연은 참으로 아름답지만 인간의 손이 간 영국은 비천하기 짝이 없다. 내가 알기론, 내가 어렸을 때의 갱부들은 직감적이고 본능적인 인식에서 우러나는 독특한 미감(美感)을 갖고 있었다. 그 인식은 탄광 밑에서 일깨워진 것이었다.

그런 갱부가 햇빛 속으로 나왔을 때 특히 스퀘어 구(區)나 브리치 구 그리고 자신의 식탁에 왔을 때 냉혹한 추잡함과 설익은 물질주의와 접하게 되었다는 사실은 그의 마음 속의 무엇인가를 질식시켰고 어떤 의미에서는 그를 하나의 속된 남자로서 타락시켰던 것이다. 여자는 거의 항상 물질적인 것에 대하여 잔소리를 퍼부었다. 그녀는 그렇게 하도록 교육을 받았고 의기양양하게 되었다. 자식을 돌보는 것은 어머니의 일이었고 돈을 버는 것은 남자의 일이었다. 자연 그대로 살면서 교육을 제대로 받지 못했던 아버지의 세대에 있어서는, 남자가 짓밟히지 않았다. 내가 학교를 함께 다녔고 지금은 갱부가 된 나의 세대에 있어서는, 갱부들은 모두가 말하자면 국민학교의 잔소리, 책, 영화, 목사 그리고 무엇보다도 물질적 번영을 강조하는 국가와 인간의 인식들에 의해 짓밟히고 말았다. 인간이 짓밟히고 나면, 그의 패배 가운데에는 일시적인 번영이 있겠지만 그 앞에는 어렴풋이 재앙이 나타난다. 모든 재앙의 근원은 실의(失意)이다. 모든 인간은 실의에 싸여 있다. 영국민, 특히 갱부들은 실의에 차 있다. 그들은 배반을 당하고 짓밟혀 있다.

아는 사람이 아무도 없었을지 모르지만 19세기에 인간의 정신을 배반한 것은 바로 추잡함이다. 번영하던 빅토리아조 시대에, 유산계급과 산업 발진자가 저지른 커다란 죄과는 노동자들을 추잡하게 만든 것이었다. 천박과 혼돈 그리고 추잡한 환경, 추잡한 이상, 추악한 종교, 추악한 희망, 추잡한 옷, 추잡한 가구, 추잡한 주택 그리고 노동자와 고용주 사이의 추잡한 관계 등등으로 노동자들을 추락시켜 놓았다. 갱부들이 피아노를 사면 중산계급들은 비웃는다. 피아노란, 그렇지 않은 적도 종종 있지만, 미를 얻기 위한 무의도적 추구가 아니고 무엇이냐? 그러나 여성에게는 이것은 일종의 소유물이며 가구이고 우월감을 느끼게 하는 그 무엇이다. 하지만 나이든 갱부들이 피아노 치는 방법을 배우려고 하고 딸들이 〈소녀의 기도〉를 연주할 때 묘하게도 긴장된 얼굴 표정을 지으면서 귀담아 듣는 것을 보라. 그러면 미에 대한 맹목적이고 만족스러워하지 않는 갈구를 보게 될 것이다. 이것은 여성에게보다도 남성의 마음 속에 더욱 짙다. 여성은 겉치레를 바라지만 남성은 미를 갈구한다.

뛰어 놀 수 있었던 언덕 위의 아름다운 대지에 지저분하고 몸서리나는 스퀘어 단지를 회사가 세우지 않았었다면, 만일 작은 시장 가운데에 높다란 원주(圓柱)를 세워 아름다운 풍경 주위로 삼면을 아케이드로 만들어 사람들이 거닐거나 앉아 쉬도록 만들고 또 그 뒤에 참한 집들을 세웠었다면, 만일 방이 다섯 내지는 여섯 개가 있고 예쁜 입구가 딸린 크고 실용적인 아파트를 세웠다면, 그리고 무엇보다도 광부들이 지금도 부르고 추고 있는 그 노래와 춤을 북돋아 주고 노래를 부르고 춤을 출 수 있는 아늑한 장소를 마련해 주었었다면, 만일 아름다운 의복형을 계발해 주고 가구니 장식이니 하는 실내 생활의 아름다운 형을 마련해 주었었다면, 만일 사람이 만든 가장 멋있는 의자나 테이블, 아니면 스카프나 방에 대해 상(賞)을 주었었다면, 사실 이러했었다면, 산업문제는 결코 일어나지 않았었을 것이다. 산업문제는 물건을 획득하기 위한 경쟁 속으로 인간의 에너지를 몰아넣는 데서 일어난다.

영국인의 집은 그의 성(城)이라는 속담, 다시 말하면 사생활을 존중하는 생활양식을 노동 계급들이 받아들이지 말았었어야 했다고 혹자는 말할지 모른다. 그러나 옆집 사람이 하는 소리가 들린다면 프라이버시란 없는 것이다. 단지에서는 변소에 가는 사람마저도 보일 때야! 소위 〈자신의 작은 가정〉인 〈성(城)〉에서 빠져나가는 것이 사람들의 요망인 경우, 그것을 찬성할 이유가 아무것도 없다. 〈자신의 작은 가정〉을 우상화한 사람은 오직 여성뿐이다. 그런 여성은 더없이 나쁘고 더없이 탐욕스럽고 더없이 소유욕이 강하고 더없이 천박한 여성이다. 이제 〈작은 가정〉을 옹호할 아무런 건덕지도 없다. 그것은 대지의 얼굴 위의 하찮은 오점일 뿐이다.

사실이지 천팔백 년까지만 해도 영국 사람은 전원적인 민족이었다. 수세기 동안 영국에도 도시라는 것이 있었지만, 도시다운 도시가 아니라 시골 거리가 옹기종기 모여 있는 정도였다. 진정한 도시라고 할 수 없었다. 영국 특유의 성격 때문에 인간의 도회지면이 발전되지 못했다. 시이나는 작은 고장이었지만, 그 주민들이 도시성과 깊은 관계를 맺고 있던 진정한 도시라고 할 수 있다. 노팅엄은 끝없이 제멋대로 뻗어나간 광활한 지역이지만 그저 부정형하게 응집된 것 이외에 아무것도 아니다. 시이나와 비교해 볼 때 노팅엄이란 존재하지 않는다고도 할 수 있다. 영국인은 어리석게도 시민으로서 발전되지 않았다. 그것은 부분적으로 영국인의 〈가정〉이라는 취향 때문이기도 하지만, 그의 환경 속에 있는 절망적인 무가치성을 받아들인 때문이기도 하다. 로마 도시의 의미로 보면, 미국의 신흥 도시들은 런던이나 맨체스터보다도 도시다운 도시라고 할 수 있다. 에딘버러만 해도 영국의 어느 도시보다도 진정한 의미의 도시였다.

〈영국인의 집은 프라이버시가 지켜지는 성(城)〉이다. 또는 〈자신의 아늑한 가정〉이다, 하는 어리석은 개인주의는 이제 시대에 뒤떨어진 생각이다. 모든 영국인들이 그런대로 시골사람이었던 천팔백 년까지만 해도 이런 생각은 통용되었을 것이다. 그러나 산업체제는 커다란 변화를 몰고 왔다.

영국인은 아직도 자신의 정원을 갖고 있는 시골사람으로 자신을 생각하고 싶어한다. 그러나 이것은 어린애 같은 생각이다. 오늘날의 농부들마저도 정신적으로는 도회지의 새(鳥)가 되어 있다. 영국인들은 완전 산업화의 피할 수 없는 부산물로서 이제는 철저한 도시의 새가 되어 있다. 그러면서도 그들은 도시를 건설하는 방법, 도시에 대하여 생각하는 방법, 또는 그 속에서 어떻게 살아갈 것인가 하는 것을 전혀 모르고 있다. 그들은 어중된 도회인 가짜 시골

사람이 되어 있어서 그 누구도 도시인다운 도시인—로마인이나 아테네인이나 파리지앙과 같은 시민이 되는 방법을 모르고 있다가 전쟁을 맞이한 것이다.

이렇게 된 이유는, 시골뜨기가 아니라 시민의 폭넓은 제스처에서 느낄 수 있는 자만과 위엄으로서 우리를 결합시켜 줄 공동체의 본능을 우리가 좌절시켰기 때문이다. 대도시란, 미(美)와 위엄과 장려함을 뜻한다. 이것이야말로 좌절되어 왔고 또 충격적으로 거역되어 온 영국인의 일면이다. 영국은 가정이라고 하는 보잘것 없는 주거지로 점철되어 있다. 내 생각에, 여성을 제외하고는 모든 영국 남성들은 마음 속으로 작은 가정을 증오하고 있다. 우리가 바라는 것은 더욱 폭넓은 제스처, 더욱 넓은 시야, 찬연함, 장엄함, 그리고 커다란 미(美)이다. 이런 면에서 미국은 우리들보다 더욱 앞서 있다.

1백년 전 산업화의 장본인은 나의 고향을 추잡하게 만드는 죄과를 범했다. 더욱 괴상스러운 것은, 오늘날의 산업 촉진자들도 마치 종기처럼 수마일씩 빨간 벽돌집을 지어 영국의 얼굴을 더럽히고 있다. 그리고 쥐덫 같은 빨간 벽돌집 안에 사는 사람들은 더더욱 치욕을 당하고 더더욱 불만에 싸여 덫에 걸린 쥐처럼 더욱 절망에 싸여가고 있다. 오직 천한 여성들만이 그들 남편이 보기에는 쥐덫 이외에 아무

것도 아닌 작은 집을 계속 아끼고 있다.

  이 모든 것을 집어치우라. 비용이야 얼마가 들든, 지금 바로 이 모든 것을 변형하라. 임금이니 산업적 논쟁이니 하는 것은 전혀 상관하지 말라. 관심을 다른 곳으로 돌리라. 벽돌이랑 하나도 남기지 말고 나의 고향을 헐어 버리라. 그리고 핵심 계획을 세우라. 초점을 맞추라. 그리고 그 초점에서 발산되는 복사열을 폭넓은 제스처가 되게 하라. 공공(公共)지까지 이르는 크고 멋있는 빌딩을 세우라. 그리고 아름다움이 깃들게 하라. 처음서부터 깨끗이 시작하라. 한 곳 한 곳 차근차근히 시작해서 새로운 영국을 만들라. 작은 집 같은 것들을 집어치우라! 시시한 것들을 모조리 치우라! 지형선(地形線)을 살피고 나서 시작하되 참으로 고결하게 하라. 그러면 영국인들은 지적으로 또는 정신적으로는 발전될지도 모른다. 그러나 아무리 훌륭한 도시의 시민이 된다 하더라도 그들은 토끼보다도 더욱 수치스럽게 될 것이다. 그리고 그들은 소가지없는 부인들처럼 정치와 임금에 대하여 한결같이 잔소리, 잔소리, 잔소리를 늘어놓게 된 것이다. *

## □ 연 보

| | |
|---|---|
| 1885년 | 9월 11일 영국의 공업도시 노팅엄 서북쪽에 있는 탄광촌 이스트우드에서 교육을 받지 못한 탄광부(炭鑛夫)인 아버지와 전직(前職) 교사(敎師)인 어머니 사이에서 출생. |
| 1911년 | 노팅엄 대학 재학중에 소설 〈백공작(The white peacock)〉간행. |
| 1912년 | 은사인 위클리 교수의 부인 프리다(Frieda von Richthofen)와 사랑하여 함께 독일로 도망. 〈침입자(Trespasser)〉발표. |
| 1913년 | 자전적인 소설 〈아들과 연인(Sons and Lovers)〉간행. |
| 1914년 | 독일에서 귀국하여 프리다와 정식으로 결혼. |
| 1915년 | 1차 대전중 스파이의 혐의를 받아 〈무지개(The Rainbow)〉가 발매 금지당함. |
| 1920년 | 〈연애하는 여인들(Women in Love)〉 간행. |
| 1922년 | 〈아이론의 지팡이(Aaron's Rod)〉 간행. |
| 1923년 | 시집 〈새와 짐승과 꽃(Birds, Beasts and Flowers)〉 간행. |

1926년　〈날개없는 뱀(The Plumed Serpent)〉 간행
1928년　〈채털리 부인의 사랑〉을 출판하여 영국에
　　　　서 32년간 판매금지 처분을 받았으나 60년
　　　　11월에 예술성을 인정받음.
1930년　3월 2일 남프랑스(南佛) 북쪽 벤스에서 지
　　　　병인 폐결핵으로 사망.

### ▨ 옮긴이 소개

서울대학교 사범대학 졸업. 서울대학교 대학원 졸업.
한양대학교 교수(영문학).
역서: 〈소설의 이해〉(E. M. 포스터), 〈진주〉(스타인벡), 〈에
덴의 동쪽〉(스타인벡), 〈모스비의 회상〉(솔벨로우),
〈페이터의 산문〉(페이터), 〈오 헨리 단편선〉(오 헨리)
등이 있음.

## 로렌스의 성과 사랑

초판 1쇄 발행 / 1978년 4월 20일
초판 3쇄 발행 / 1982년 5월 10일
2판 1쇄 발행 / 2002년 2월 25일
3판 1쇄 발행 / 2018년 3월 26일

지은이 / D. H. 로렌스
옮긴이 / 이 성 호
펴낸이 / 윤 형 두
펴낸데 / 범 우 사

등록번호 / 제 10 — 39호
등록일자 / 1966년 8월 3일
주소 / 121—130 서울특별시 마포구 구수동 21—1
전화 / 대표 717—2121 · 2122, FAX / 717—0429

잘못된 책은 바꾸어 드립니다.　　　교정 · 편집/김민영 · 김지선
ISBN 89-08-06035-4 04810　　(홈페이지)http://www.bumwoosa.co.kr
ISBN 89-08-06000-6 (세트)　　(E-mail) bumwoosa@chollian.net

# 온 고 지 신 ( 溫 故 知 新 ) 으 로  2 1 세 기 를 !

온고지신(溫故知新)으로 희망찬 21세기를!

현대사회를 보다 새로운 시각으로 종합진단하여
그 처방을 제시해주는

# 범우사상신서



범우사